Wie man seinen Kollegen sagt, dass sie dumm sind

Sandra Handschuh

Druck: Amazon Deutschland oder Partner

Der Druck erfolgt in chlorfreier Tinte und das säurefreie Papier für den Innenteil des Buches wird von einem Anbieter mit Forest Stewardship Council-Zertifizierung bezogen. Alle Abfälle, die beim Drucken entstehen und im Büroalltag anfallen, werden ordentlich recycelt und verwertet. Zudem werden in der Zukunft weiterhin Prozesse stattfinden, um die Umweltfreundlichkeit zu versichern. Damit verpflichtet sich der Druckpartner Amazon und seine Partner dazu, seinen Teil zum Umweltschutz beizutragen.

Wir haben uns bewusst für den Druck durch Amazon entschieden - denn so werden nur die Bücher angefertigt, die auch benötigt werden. Unser Verlag verzichtet zudem auf überflüssigen Schriftverkehr und wickelt alle Prozesse digital ab. Dies spart Ressourcen und schont die Umwelt!

ISBN: 978-3-911040-27-3

Wie man seinen Kollegen sagt, dass sie dumm sind

Sandra Handschuh
by
Lachpause Editionen

Ihre Meinung ist uns wichtig. Was können wir verbessern? Hat der Fehlerteufel zugeschlagen?
Schreiben Sie einfach eine formlose Mail an verlags.kontakt@gmail.com und teilen Sie uns Ihren persönlichen Eindruck mit.

Vielen Dank

Inhalt

Aus Liebe zur Umwelt verzichten wir auf viele Fotos & Farbdruck.

Vorwort

Das Leben ist eine Aneinanderreihung von Herausforderungen – nervigen Herausforderungen, die Ihren Geduldsfaden einer nie enden wollenden Zerreißprobe unterziehen. Die Kunst ist, diese Challenges mit Humor zu meistern, ohne jemanden umzubringen. Vorausgesetzt, Sie möchten die nächsten Provokationen nicht hinter Gittern annehmen.

Eine der härtesten Aufgaben: Ihren dummen Kollegen mitteilen, dass sie den Intellekt eines Sacks Dinkelmehl besitzen, ohne Ihren Job zu verlieren. Aber auch sonst halten Job, Freizeit, Verkehr, Urlaub, Feiertage und eigentlich das ganze Leben einen Haufen lästiger Challenges bereit, die die meisten von uns zu bewältigen haben.

In diesem Buch finden Sie eine Reihe kreativer Anregungen, wie Sie den ständigen Kampfansagen Ihres Lebens selbstbewusst gegenübertreten. Ob Sie im Kreis Ihrer kognitiv eher rustikal veranlagten Kollegen Ihren Job behalten, Ihren Nachbarn aus dem Weg gehen oder die nächste Familienfeier friedlich verlassen wollen: Die Tipps* aus diesem Buch helfen Ihnen dabei!

* Keiner dieser Tipps ist auf irgendeine Weise sinnvoll.

Ausprobieren auf eigene Gefahr... !!! ☠

Hinweis:

Aus Gründen der besseren Lesbarkeit werden in diesem Ratgeber größtenteils männliche Formen verwendet, die jedoch für alle Geschlechter gelten sollen. Auch wenn Sie sich als Salatgurke, Bauwerk oder intergalaktisches Raumschiff identifizieren, sind Sie ausdrücklich eingeschlossen. Nur Stechmücken sind leider ausgeschlossen.

Arbeitsaufreger

Arbeitsaufreger

Schlimm genug, dass Sie überhaupt arbeiten müssen. Eigentlich wäre es nur gerecht, würden Sie schon für Ihre bloße Existenz mit einem anständigen Gehalt belohnt. Enttäuschenderweise ist das System fehlerhaft, und Sie brauchen einen Job, um so lästige Dinge wie Miete und Nahrung bezahlen zu können.

Die Kunst des perfekten Bewerbungsgesprächs

Um den Job, den Sie nicht wollen, zu ergattern, müssen Sie sich erstmal durch ein Bewerbungsgespräch quälen. Diese besondere Art von Paarungstanz, bei der beide Seiten wissen, dass sie gerade hemmungslos belogen werden, erfordert eine Menge Raffinesse und Feingefühl. Mit diesen Tipps klappt's bestimmt:

» Ohne Selbstvertrauen geht nichts! Um Ihr Selbstbewusstsein vom ersten Moment an zu demonstrieren, tragen Sie ein T-Shirt mit einem Foto von sich selbst und dem Schriftzug „The Greatest Person On Earth" zum Vorstellungsgespräch.

» Geschenke kommen immer gut an. Lassen Sie deshalb nicht nur ein T-Shirt mit Ihrem Foto bedrucken, sondern bringen Sie genug für alle mit.

Verteilen Sie die Mitbringsel direkt bei der Begrüßung und ermuntern Sie Ihr Gegenüber, sich gleich umzuziehen.

» Vergessen Sie nicht, dass das Gespräch schon bei der Begrüßung beginnt. Seien Sie also auf vermeintlichen Smalltalk mit Power-Antworten vorbereitet, beispielsweise: „Haben Sie gut hergefunden?" – „Natürlich, ich erreiche stets mein Ziel."

» Loblieder auf sich selbst zu halten, ist Ihnen vielleicht unangenehm – für den Erfolg Ihres Bewerbungsgesprächs ist es aber unerlässlich. Das Eigenlob fällt Ihnen leichter, wenn Sie von sich selbst in der dritten Person sprechen.

» Augenkontakt schafft Vertrauen und strahlt Selbstbewusstsein aus. Sehen Sie Ihrem Gesprächspartner ununterbrochen fest in die Augen. Bereiten Sie sich zusätzlich auf zwei Gesprächspartner vor, indem Sie schielen lernen.

» Sie wollen darüber hinaus Ihre Intelligenz zur Schau stellen. Glänzen Sie mit Ihrem Wissen, indem Sie ungefragt spannende Fakten zum Besten geben. Unterstreichen Sie den Mehrwert Ihrer Sachkenntnis, indem Sie ein „Da staunen Sie, was?" anfügen („Es gibt Schildkrötenarten, die durch den Po atmen. Da staunen Sie, was?").

» Ihre Bildung stammt nicht nur aus Büchern, Sie sind auch emotional intelligent. Beweisen Sie das, indem Sie bei jeder Gelegenheit den Satz Ihres Gesprächspartners vervollständigen, bevor dieser fertig gesprochen hat.

» Ist für die ausgeschriebene Position Teamfähigkeit wichtig, können Sie diese bereits im Vorstellungsgespräch beweisen: Bringen Sie einen Freund mit und sprechen Sie jedes Wort abwechselnd.

» Jeder liebt Humor. Haben Sie also keine Angst davor, Ihre lustige Seite zu zeigen. Damit Sie nicht missverstanden werden, ist es notwendig, nach jedem Witz ausgiebig zu zwinkern oder „Nur ein Scherz!" dazuzusagen („Mein Hund ist wirklich zauberhaft. Er ist ein Labrakadabrador, *zwinker-zwinker*, nur ein Scherz!").

» Zeigen Sie Ihr Interesse an Ihren Mitmenschen, indem Sie Ihrem Gegenüber Zeit zum Reden geben. Dabei können Sie direkt Ihre Kreativität unter Beweis stellen, indem Sie außergewöhnliche Fragen stellen, beispielsweise: „Wenn Sie ein Obst wären, dann welches und wieso?"

Die nervigsten Kollegentypen

Steckbrief:

Name: Die Immerfrohe

Fähigkeiten: viel zu gute Laune

Hilfsmittel: mürrischer Blick

Die Immerfrohe ist eine dieser lästigen Personen, die stets einen Tick zu gut gelaunt sind. Während alle vernünftigen Kollegen morgens wie willenlose Zombies in kollektivem Stillschweigen um die Kaffeemaschine herumschleichen, platzt die Immerfrohe unangebracht fröhlich herein und zwingt jedem in Reichweite ein freundliches Gespräch auf. Schlechte Nachrichten quittiert die Immerfrohe mit nervtötendem Optimismus. Sie vergisst niemals einen Geburtstag, organisiert zu gerne Geschenke-Orgien für besondere Anlässe und würde am liebsten ein Freundschaftsarmbändchen für jeden einzelnen ihrer Kollegen knüpfen.
Was Sie von der Immerfrohen erwarten können: Unerhört gute Laune in jeder Lebenslage, ein Lächeln, von dem Sie Albträume bekommen, und sehr viele Glückwunschkarten für Kollegen, die Sie mit einem originellen Spruch versehen und unterschreiben müssen.

Was Sie im Umgang mit der Immerfrohen vermeiden sollten:

Erzählen Sie ihr **niemals (!)** von Ihren Problemen, denn die Immerfrohe hat für jedes noch so unlösbare Dilemma mindestens drei unerhört simple Lösungsvorschläge.

Wie Sie mit der Immerfrohen umgehen sollten:

Schlechte Laune schlägt die Immerfrohe nicht in die Flucht. Je länger Sie das nervige Lächeln mit einem grimmigen Blick beantworten, desto fröhlicher scheint sie zu werden. Üben Sie sich deshalb im gekonnten Verstecken. Erwischt Sie die Immerfrohe in einem ungeschützten Moment, hilft nur die Flucht. Ein lautes „Entschuldigung, ich habe Durchfall" beendet die meisten Interaktionen mit der Immerfrohen umgehend – es könnte allerdings passieren, dass Sie am nächsten Tag ein hübsch verpacktes Anti-Durchfall-Geschenkset auf Ihrem Schreibtisch vorfinden.

Die nervigsten Kollegentypen

Steckbrief:

Name: Der Weltverbesserer

Fähigkeiten: nervt mit Weltverbesserungsideen

Hilfsmittel: Begriffsstutzige als Schutzschild

Der Weltverbesserer hat, wie sein Name schon sagt, immer mindestens eine gute Idee auf Lager, wie man die Welt – oder den gemeinsamen Arbeitsplatz – ein Stückchen besser und nachhaltiger machen kann. Von recyceltem Kopierpapier über wiederverwendbare Kaffeekapseln bis hin zu doppelseitig verwendetem Klopapier hat er schon jede denkbare und undenkbare Idee angeschleppt. Er hat keine Scheu, das gesamte Kollegium mit seiner Mission zu nerven und sogar Führungskräfte und Betriebsräte in sein Vorhaben einzubinden. Die meisten Weltverbesserer sind gleichzeitig Stinker, weil sie der Umwelt zuliebe stets mit dem Fahrrad unterwegs sind, aber nur einmal pro Woche duschen, um Wasser zu sparen, und selbstverständlich nur aluminiumfreies Bio-Deo verwenden.

Was Sie von dem Weltverbesserer erwarten können:

Jede Menge Ideen – gute, schlechte und alles dazwischen –, die Ihnen das Leben ordentlich erschweren können. Und politisch korrekte Aufnäher auf seinen Leinenhosen...

Was Sie im Umgang mit dem Weltverbesserer vermeiden sollten:

Gespräche über Politik, Umwelt, Wetter, Reisen, Verkehr, Tiere, Essen etc. – vermeiden Sie am besten jedes Gespräch!

Wie Sie mit dem Weltverbesserer umgehen sollten:

Der Weltverbesserer ist wie einer von diesen Petitionstypen, die Ihnen in der Fußgängerzone mit dem Klemmbrett auflauern und keine Ruhe geben, bevor Sie nicht mit einer Fünf-Euro-Spende den Welthunger beendet haben: Sie werden ihn nicht los. Ausnahme: Ist zufällig eine Begriffsstutzige in der Nähe, beziehen Sie sie in das Gespräch mit ein. Der Weltverbesserer wird Mühe haben, ihr zu erklären, worum es geht. Hartnäckig, wie er ist, wird er aber nicht aufgeben – und nicht merken, wie Sie sich unauffällig aus der Unterhaltung ausklinken.

Job-Bullshit-Bingo

SPIELANLEITUNG:

» Vor dem Start: Für unendlichen Spielspaß kopieren Sie die nächste Seite ein paar hundert Mal. Nutzen Sie dazu ruhig den Kopierer Ihres Arbeitgebers.

Nehmen Sie das Bingo-Blatt mit in jede arbeitsbezogene Situation – (Online-)Meetings und Mittagessen nicht vergessen!

» Wenn eines der genannten Dinge passiert, kreuzen Sie das jeweilige Feld an.

» Das Feld in der Mitte ist Ihr Joker: Schreiben Sie hier selbst etwas auf und beeinflussen Sie dadurch den Schwierigkeitsgrad .

» Sobald Sie horizontal, vertikal oder diagonal drei Felder in einer Reihe angekreuzt haben, stehen Sie auf und rufen Sie laut „Bingo!".

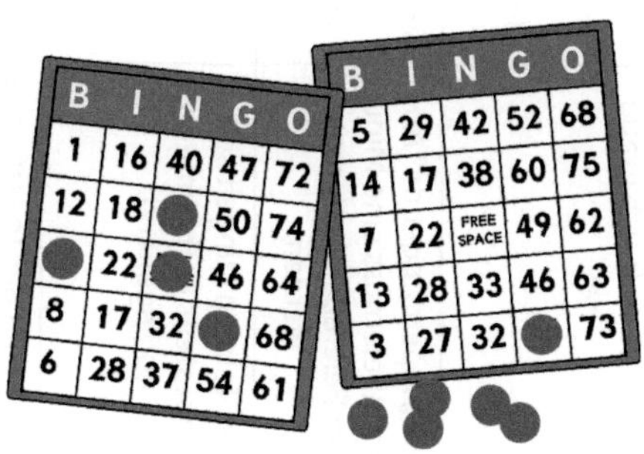

Die Kaffeemaschine möchte gereinigt/nachgefüllt/entkalkt/ausgeleert/gestreichelt werden.	Insgesamt 10 Mal „Guten Morgen" gesagt.	Vor 10 Uhr fragt jemand, was es heute zum Mittagessen gibt.	Jemand ruft Sie an, um Ihnen mitzuteilen, dass er Ihnen gerade eine Mail geschickt hat bzw. gleich eine Mail schicken wird.
Der Chef verhält sich irrational.	Zwei Kollegen streiten sich über geöffnete Fenster, die Stärke der Klimaanlage oder die richtige Einstellung der Heizung.	Die IT-Hotline ist nicht hilfreich.	Es stinkt nach dem Essen eines Kollegen.
Eine „superdringende" Angelegenheit muss eine Minute vor Feierabend erledigt werden.	Der Chef macht einen schlechten Witz und mindestens zwei Kollegen lachen laut darüber.	JOKER	Sie grüßen jemanden, der nicht zurückgrüßt.
Das Telefon klingelt seit mindestens fünf Minuten durchgehend.	Papierstau.	Jemand ist unangebracht gekleidet.	Jemand verwendet einen unnötigen Anglizismus wie „Global Player", „Milestone" oder „Commitment".
Ekelalarm auf der Toilette oder in der Gemeinschaftsküche.	Jemand bittet Sie um eine kleine Spende, um für einen Kollegen ein Geburtstags-/Abschieds-/Genesungsgeschenk zu kaufen.	„Hast du meine Mail schon gelesen?"	Ein Meeting ist so unnötig, dass stattdessen ein Post-it gereicht hätte.

Die unerwünschte Einladung und wie Sie sie umgehen

Sie verbringen sehr viel Zeit in Ihrem Job. Das wäre halb so schlimm, wenn Sie dadurch nicht zugleich sehr viel Zeit mit den Personen verbringen müssten, die da außer Ihnen noch so herumlaufen. Aus irgendeinem Grund scheinen manchen dieser Personen die 40 bis 120 Stunden pro Woche, die sie mit Ihnen verbringen, nicht zu reichen. Verständlich – immerhin sind Sie entzückend. Die anderen aber leider nicht!

Falls Sie Einladungen zum Mittagessen, zu Team-Unternehmungen nach Feierabend oder zu einem Wochenende auf Chefs neuem Anwesen ungefähr so verlockend finden wie eine Blinddarm-OP ohne Narkose, helfen Ihnen diese gekonnten Reaktionen aus der Patsche:

» „Ich kann leider nicht, ich habe eine wichtige Mission zu erfüllen, über die ich nicht mit Ihnen sprechen darf." Schauen Sie dabei möglichst geheimnisvoll.

» „Oh, dann haben Sie es vermutlich noch nicht gehört?" Brechen Sie in Tränen aus und laufen Sie weg.

» Sehen Sie sich suchend um, mit wem Ihr Gegenüber gerade spricht. Blicken Sie dann sehr erstaunt, rufen Sie „Sie können mich SEHEN? Ich muss etwas versuchen!" und laufen Sie weg.

- „Herzlichen Dank für die Einladung, aber an diesem Abend/Wochenende findet die Ausstellung meiner Kunstwerke der Kartoffelbildhauerei in (sehr weit entfernter Ort) statt. Möchten Sie auch kommen?"

- „Kann ich meine 27 Frettchen mitbringen? Ich kann sie nicht allein lassen, sie sind nämlich nicht stubenrein."

- „Ich bin gerade auf einer Nulldiät und kann mich leider nicht mit Personen umgeben, die essen oder trinken." Nehmen Sie anschließend einen Schluck von Ihrem Kaffee und gehen Sie weg.

- „Laut Mondkalender ist das keine gute Idee."

- „Ich werde das mit meinem Therapeuten diskutieren und Ihnen danach Bescheid geben."

- Bei einer Einladung zum Essen fragen Sie zuerst nach dem geplanten Restaurant. Verziehen Sie nach der Antwort schockiert-angewidert das Gesicht und sagen Sie zögerlich „Ähm, nein, danke".

- Tun Sie so, als seien Sie hin- und hergerissen. Neigen Sie dabei den Kopf von einer auf die andere Seite und machen Sie abwägende Geräusche. Machen Sie das so lange, bis Ihr Gegenüber weggeht.

Die nervigsten Kollegentypen

Steckbrief:

Name: Die Freundschaftliche

Fähigkeiten: Macht alle zu besten Freunden

Hilfsmittel: Tipps zum Ausschlagen von Einladungen

Für manche Menschen sind die Kollegen das Beste an der Arbeit. Alle, die das nicht so sehen, sind normal. Schließlich ist es unnatürlich, mit wahllos zusammengewürfelten Fremden zig Stunden pro Woche auf engstem Raum harmonisch zusammenzuleben. In der Steinzeit hätte man sich gegenseitig aus der Höhle gejagt. Leider ist die Keule heute nicht mehr en vogue, sodass Sie sich mit den Personen arrangieren müssen, die man Ihnen vor die Nase setzt. Die Freundschaftliche sieht das anders: Ihre Arbeitskollegen sind ihre besten Freunde – sogar die, die sie überhaupt nicht ausstehen können. Am liebsten würde sie eine WG mit allen gründen, aber wenn das schon nicht klappt, möchte sie wenigstens so viel Zeit wie möglich mit ihren Besties verbringen.

Was Sie von der Freundschaftlichen erwarten können:

Viel zu viele bunt gestaltete Einladungen zu After-Work-Unternehmungen zu jedem erdenklichen Anlass oder „einfach mal so", inspirierende und rührende Reden darüber, dass „wir alle eine Familie sind" und die eine oder andere unangebrachte Umarmung.

Was Sie im Umgang mit der Freundschaftlichen vermeiden sollten:

Sagen Sie niemals einfach „nein" auf eine ihrer Einladungen, denn die Freundschaftliche wittert dahinter sofort ein schwerwiegendes persönliches Problem, bei dem nur sie allein Ihnen helfen kann – und schon konzentriert sich die Aufmerksamkeit der nervtötenden Umarmerin wie ein Laserstrahl einzig auf Sie.

Wie Sie mit der Freundschaftlichen umgehen sollten:

Eines der nervigsten Dinge an der Freundschaftlichen ist die Tatsache, dass sie kein böser Mensch per se ist. Im Gegenteil: Sie meint es ausgesprochen gut und glaubt wirklich, allen Arbeitskollegen eine riesige Freude zu machen. Bleiben Sie daher freundlich und halten Sie sich an die Tipps, wie Sie unerwünschte Einladungen ausschlagen.

Die nervigsten Kollegentypen

Steckbrief:

Name: Der Choleriker

Fähigkeiten: Wutausbrüche

Hilfsmittel: Aus dem Weg gehen, Schokolade

Der Choleriker kann sich bereits über Kleinigkeiten massiv aufregen. Da „Choleriker sein" Teil der Stellenbeschreibung für die meisten Führungspositionen ist, ist häufig niemand sicher vor den Wutausbrüchen des Cholerikers. Oft reicht eine durchgebrannte Glühbirne, damit der Choleriker explodiert und seinen Frust an dem Nächststehenden auslässt. Nicht selten wechselt die Laune des Cholerikers innerhalb weniger Sekunden von fröhlich zu Vulkanausbruch, und das völlig unvorhersehbar.

Was Sie von dem Choleriker erwarten können:

Was für eine bescheuerte Frage ist das denn bitte? Das kann doch unmöglich Ihr Ernst sein! Wie können Sie es wagen?! Na warten Sie, Sie können vielleicht was erleben, Sie unfähiger #!@%$?=§!!!

Was Sie im Umgang mit dem Choleriker vermeiden sollten:

Sehen Sie dem Choleriker niemals direkt in die Augen, um ihn nicht zu reizen. Und egal, wie groß die Versuchung sein mag: Piksen Sie den Choleriker niemals mit einem Stock!

Wie Sie mit dem Choleriker umgehen sollten:

Die Devise lautet hier tatsächlich „umgehen" im Sinne von „aus dem Weg gehen". Denn Sie können unmöglich vorhersehen, wann der Choleriker seinen nächsten Wutausbruch erleidet, und dann sollten Sie so weit wie möglich von ihm entfernt sein. Ist die Interaktion mit dem Choleriker unerlässlich, bewaffnen Sie sich im Vorfeld mit etwas, das ihn beruhigt – beispielsweise mit Schokolade, gutem Wein oder einem flauschigen Kätzchen. Sobald Sie merken, dass der Choleriker kurz vor der Explosion steht, bewerfen Sie ihn aus sicherer Entfernung damit.

Willkommen in der Geruchshölle

Ein Grund, warum das Zusammenarbeiten mit anderen Menschen so nervenaufreibend ist, sind die ständigen Gerüche fremder Personen. Das Potpourri aus ungewaschenen Achselhöhlen, sieben verschiedenen Landesküchen zur Mittagszeit und den Socken der Kollegen, die ihrer Gesundheit zuliebe orthopädische Sandalen als Arbeitsschuhe tragen, findet man nur am Arbeitsplatz. Sie können Ihrer Nase mit einigen simplen Tipps Entlastung bieten:

» Duftbäumchen sind eine echte Allzweckwaffe. Dekorieren Sie Ihren Arbeitsplatz reichlich mit den kleinen Duftspendern. Tragen Sie sie ruhig auch als Ohr- und Halsanhänger und nähen Sie ein paar davon an Ihre Kleidung.

» Scheuen Sie sich nicht davor, insbesondere neuralgische Punkte mit Duftbäumchen auszustatten. Zwei bis drei Bäumchen an die Innenseite der Mikrowelle geklebt können Wunder wirken. Bestimmt stört es auch niemanden, wenn Sie die Schuhe der Kollegen mit etwas Duft ausstatten.

» Haben Sie zudem einen kleinen, aber kräftigen Ventilator stets griffbereit. Wann immer Sie mit einem stinkenden Kollegen interagieren müssen, richten Sie den Ventilator direkt auf Ihr Gegenüber. Funktioniert fantastisch bei Mundgeruch!

» Duftbäumchen und Ventilator lassen sich überdies hervorragend kombinieren: Bringen Sie ein paar Bäumchen vor dem Luftstrom an, und schon haben Sie Ihre persönliche Duftkanone kreiert.

- Desinfektionsspray ist Ihr bester Freund. Halten Sie es stets griffbereit und sprühen Sie damit alles und jeden ein, der unangenehm riecht. Denken Sie unbedingt an eine Miniaturflasche für die Hosentasche!

- Installieren Sie automatische Duftsprayspender an der Decke Ihres Büros und in allen anderen Räumen, die eine Auffrischung brauchen. Falls jemand fragt, wollte es die Firmenleitung so.

- Überdecken Sie unangenehme Gerüche notfalls mit noch unangenehmeren Gerüchen. Legen Sie beispielsweise einen ganzen Fisch, einen Laib Käse oder beides in eine Ihrer Schubladen. Je länger Sie diese dort belassen, desto weniger wird Ihnen der Kollegengestank auf die Nerven gehen.

- Um Essensgerüchen vorzubeugen, bringen Sie täglich genug wohlriechendes Essen für die gesamte Belegschaft mit.

- Kleben Sie ein „Defekt"-Schild an alle Küchengeräte und versichern Sie jedem, der nachfragt, dass der Schaden bereits gemeldet wurde. Erfahrungsgemäß werden lange andauernde Defekte gemeinhin akzeptiert. Bonus: Sie erschaffen damit ein neues Gesprächsthema für das gesamte Kollegium.

- Sorgen Sie dafür, dass Sie selbst am schlimmsten stinken. So wird Ihnen der Gestank der Kollegen nicht mehr so schlimm vorkommen – und die stinkenden Kollegen werden plötzlich Abstand zu Ihnen halten.

Die nervigsten Kollegentypen

Steckbrief:

Name: Der Stinker

Fähigkeit: unglaublich stark stinken

Hilfsmittel: Luft anhalten, Flucht

Jedes Kollegium hat mindestens einen Stinker – falls Ihnen dazu kein Kollege einfällt, sind Sie es vielleicht selbst. Viele Stinker wissen nämlich gar nicht, dass sie etwas falsch machen. Alle anderen merken es aber. Den Stinker riechen Sie in Ihrem Penthouse-Büro schon, wenn er unten in der Lobby den Aufzug ruft. Woher sein markanter Eigengeruch kommt, weiß niemand so genau. Möglicherweise wäscht er sich und seine Kleidung zu selten, hat starke Ausdünstungen unbekannter Herkunft oder gehört einer seltenen Spezies von Mensch-Komposthaufen-Hybriden an.

Was Sie von dem Stinker erwarten können:

Eine brechreizfördernde Duftwolke umgibt den Stinker auf all seinen Pfaden.

Was Sie im Umgang mit dem Stinker vermeiden sollten:

Halten Sie sich nicht zu lange mit einem Stinker auf engem Raum auf – Sie wissen schließlich nicht, wie sich zu viel seines Gestanks auf Ihre Gesundheit auswirkt!

Wie Sie mit dem Stinker umgehen sollten:

Eigentlich ist der Stinker ein netter Kerl, deshalb kommt es nicht infrage, ihn für seine Ausdünstungen zu meiden oder gar zu beschimpfen. Zählen Sie bei jeder Interaktion mit dem Stinker im Geiste bis 30 und suchen Sie dann für mindestens zehn Minuten einen gut belüfteten Ort auf. Falls die Flucht bei 30 nicht möglich ist, halten Sie bis zum Ende der Interaktion die Luft an. In einem Apnoe-Tauchkurs lernen Sie die dafür notwendigen Fertigkeiten.

Die nervigsten Kollegentypen

Steckbrief:

Name: Die Unpünktliche

Fähigkeiten: immer zu spät kommen

Hilfsmittel: Startzeitpunkt vorverlegen

Auch im Privatleben sind unpünktliche Personen nervig. Am Arbeitsplatz gilt das umso mehr, da meist gleich mehrere Leute durch das Zuspätkommen dieses einen Menschen beeinträchtigt werden. Ganze Meetings, wichtige Kundentermine und Mittagspausen müssen verschoben oder gekürzt werden, weil die Unpünktliche ihr Zeitmanagement nicht im Griff hat. Es gibt die Unpünktlichen, die genau wissen, dass sie immer zu spät sind, und denen es überwiegend völlig egal ist. Nicht selten sind sie sogar absichtlich unpünktlich, um selbst nicht warten zu müssen. Es gibt aber ebenso Unpünktliche, die unabsichtlich ständig zu spät kommen und das selbst nicht so toll finden. Beide nerven allerdings gleichermaßen.

Was Sie von der Unpünktlichen erwarten können:

„Huch, Entschuldigung, bin ich etwa zu spät?"

Was Sie im Umgang mit der Unpünktlichen vermeiden sollten:

Verabreden Sie sich nicht mit der Unpünktlichen, wenn Sie danach noch etwas vorhaben. Oder Sie einen Termin einhalten müssen. Oder es da, wo Sie auf sie warten müssten, sehr kalt ist. Oder regnet.

Wie Sie mit der Unpünktlichen umgehen sollten:

Der Umgang mit der Unpünktlichen am Arbeitsplatz erfordert etwas Teamwork. Am besten nennen Sie der Unpünktlichen für jedes Meeting, jeden Termin und jede Essensverabredung eine Einladung, deren Startzeitpunkt lange vor dem tatsächlich vereinbarten Termin liegt. Damit die Unpünktliche den Braten nicht riecht und einfach immer noch unpünktlicher wird, sollten Sie den Abstand zwischen dem Zeitpunkt der Einladung und der tatsächlichen Startzeit immer wieder variieren. Ein paar Einladungen, zu denen alle außer der Unpünktlichen unpünktlich erscheinen, könnten nachhaltige Wirkung zeigen.

Besprechungen, Meetings, Jour fixes und Ihr neuer Umgang damit

Wie man sie auch nennen mag: Besprechungen sind einer der nervigsten Bestandteile im Job. Sie werden mit anderen Personen in einen Raum gesperrt, müssen sich belangloses Geschwafel anhören, für das eine E-Mail ausgereicht hätte, und dazu gibt's eine halbfunktionierende PowerPoint-Präsentation mit mehr oder weniger kreativen Überblendungen. Das müssen Sie sich nicht gefallen lassen! Mit diesen Tipps verwandeln Sie jedes Meeting in Ihr ganz persönliches Tageshighlight.

- Schlagen Sie zum Start der Besprechung vor, dass alle Teilnehmer sich an den Händen halten und ein Tischgebet sprechen. Warten Sie keine Antwort ab, sondern nehmen Sie die Hand Ihres Nachbarn und fangen Sie einfach an. Chefs mögen Mitarbeiter, die die Initiative ergreifen.

- Bauen Sie ein Lego-Set des Meetingraums nach und setzen Sie kleine Figuren an Ihren selbstgebauten Besprechungstisch.
  Halten Sie sich dabei genau an die aktuelle Sitzordnung und spielen Sie das Meeting mit Ihren Figuren live nach, indem Sie die entsprechende Figur bewegen, wenn jemand spricht.

- Stellen Sie sich neben den Lichtschalter. Wenn Ihnen die Besprechung zu lang oder öde wird, fangen Sie an, das Licht sehr schnell ein- und auszuschalten. Rufen Sie dabei laut „Disco-Break!“ und beginnen Sie zu tanzen.

- Bringen Sie eine Tastatur, aber keinen Computer mit und machen Sie sich während des Meetings eifrig „Notizen“.

- Wenn jemand Zahlen vorstellt, rufen Sie laut wahllos Zahlen in den Raum. Erlaubt sind ebenfalls Fantasiezahlen wie „Zwünfunddrachtzig“.

- Reden Sie jedes Mal, wenn Sie angesprochen werden, mit einem anderen Akzent. Achten Sie darauf, dass Sie nicht zwei Mal hintereinander denselben verwenden – wenn Sie gerade ein Franzose waren, sind Sie jetzt ein Pirat und beim nächsten Mal ein Sachse.

» Bringen Sie genug Kaffee und Kekse für alle mit. Sobald sich jemand bedienen will, schlagen Sie ihm auf die Hand und rufen: „Meins!" Stopfen Sie sich dann so viele Kekse wie möglich in den Mund und spülen Sie diese mit reichlich Kaffee herunter, während Sie dem dreisten Dieb fest in die Augen schauen.

» Nennen Sie alle anwesenden Personen während des gesamten Meetings beim selben Namen. Achten Sie darauf, dass keiner der Anwesenden wirklich so heißt, und behalten Sie das ebenso bei, wenn Sie in der dritten Person über jemanden reden („Ich verstehe, was du meinst, Gudrun, aber wie Gudrun vorhin bereits angemerkt hat, wurde diese Aufgabe schon vor zwei Wochen von Gudrun erledigt.").

» Schlagen Sie am Ende des Meetings vor, dass alle gemeinsam noch eine Runde „Reise nach Jerusalem" spielen. Ergreifen Sie erneut die Initiative, indem Sie den Aufbau übernehmen un die Musik starten.

» Wenn gar nichts mehr geht und Sie unbedingt aus dem Meeting herauswollen, stehen Sie auf, rufen Sie laut „Entschuldigung, ich muss mal groß!" und verlassen Sie den Raum.

Die nervigsten Kollegentypen

Steckbrief:

Name: Die Begriffsstutzige

Fähigkeiten: langsam denken

Hilfsmittel: einfache Wortwahl

„Häääää?" ist das Motto der Begriffsstutzigen. Sie würde ihrer Umgebung einen großen Gefallen tun, würde sie ein Schild um den Hals tragen, auf dem steht: „Ich bin etwas langsam und verstehe nur die Hälfte von dem, was um mich herum passiert." Wenn man freundlich sein will, könnte man behaupten, die Begriffsstutzige wäre nicht dumm, sondern hätte bloß Pech beim Denken. Aber sagen wir es so, wie es ist: Die Begriffsstutzige steht intellektuell irgendwo zwischen Matschpfütze und Toastbrot, und es ist keine Besserung in Sicht.

Was Sie von der Begriffsstutzigen erwarten können:

„Hä? Das verstehe ich nicht."

Was Sie im Umgang mit der Begriffsstutzigen vermeiden sollten:

Überfordern Sie die Begriffsstutzige nicht mit zu vielen Informationen auf einmal. Und machen Sie um Himmels willen keine Witze in ihrer Gegenwart. Da die Begriffsstutzige keinerlei Empfangssensoren für Sarkasmus oder Ironie hat, sollten Sie unbedingt alles ernst meinen, was Sie zu ihr sagen.

Wie Sie mit der Begriffsstutzigen umgehen sollten:

Sprechen Sie langsam und in kurzen Sätzen, und verwenden Sie nur einfache Wörter. Schalten Sie jeglichen Humor in Ihrer Kommunikation vorübergehend aus und konzentrieren Sie sich darauf, die wesentliche Botschaft zu transportieren. Fragen Sie zum Schluss sicherheitshalber nicht nur nach, ob die Begriffsstutzige alles verstanden hat, sondern lassen Sie sie den Inhalt der Konversation in ihren eigenen Worten noch einmal wiedergeben.

Die nervigsten Kollegentypen

Steckbrief:

Name: Der Doppelzüngige

Fähigkeiten: Beleidigungskomplimente, Gaslighting

Hilfsmittel: Geduld und Abstand

So einen kennt wirklich jeder. Der Doppelzüngige ist immer überfreundlich, solange er Ihnen ins Gesicht sieht – aber wehe, Sie drehen ihm den Rücken zu. Er geht über Leichen, ist geübt im Umgang mit Beleidigungskomplimenten, beherrscht Gaslighting wie kein Zweiter, und der einzige Mensch im Büro, über den er niemals ein schlechtes Wort verliert, ist der Chef. Dieser sieht nur die hübsche Fassade vor der hässlichen Fratze und hält daher allergrößte Stücke auf den Doppelzüngigen – weswegen dieser stets alles bekommt, was er will.

Was Sie von dem Doppelzüngigen erwarten können:

Freundliche Worte, von denen nicht ein einziges ehrlich gemeint ist, und fieser Tratsch hinter Ihrem Rücken.

Was Sie im Umgang mit dem Doppelzüngigen vermeiden sollten:

Verlieren Sie keinesfalls jemals ein schlechtes Wort über irgendjemanden, wenn der Doppelzüngige auch nur in Sicht-, geschweige denn Hörweite ist. Am besten reden Sie überhaupt nicht mit ihm – und falls doch, dann nur übers Wetter.

Wie Sie mit dem Doppelzüngigen umgehen sollten:

Das Fiese am Doppelzüngigen ist, dass er sein wahres Gesicht äußerst geschickt verbergen kann. Er zieht die geistig weniger gesegneten Kollegen scharenweise auf seine Seite, und es kann sehr lange dauern, bis jemand außer Ihnen seine wahre Natur erkennt. Dann kann es allerdings schnell gehen, und sein sorgsam gebautes Kartenhaus aus Lügen begräbt den Doppelzüngigen unter sich. Sie lehnen sich am besten zurück, halten sich von dieser schäbigen Kreatur fern und warten darauf, dass das Karma seine Arbeit erledigt.

E-Mails ad absurdum

Das Telefon klingelt: „Ich habe Ihnen gerade eine Mail geschickt" – und tatsächlich, da ist sie auch schon. Ihr Gesprächspartner will JETZT eine Antwort auf seine geschriebenen Zeilen. Also hört er Ihnen dabei zu, wie Sie seine Nachricht lesen, und Sie kommen ins Schwitzen, weil der Anrufer merken könnte, dass Sie eigentlich erst einmal irgendetwas kurz und klein schlagen müssen, um die Dummheit seiner Mail zu verkraften, bevor Sie auch nur ansatzweise über eine Antwort nachdenken können. Aber jetzt haben Sie ihn nun mal an der Strippe. Keine Sorge, den werden Sie wieder los.

» Kommt der Mail-Absender von außerhalb, behaupten Sie, dass sich E-Mail-Server und Telefonleitung in Ihrem Unternehmen gegenseitig blockieren und Sie nicht gleichzeitig E-Mails lesen und telefonieren können. Sie rufen ihn natürlich umgehend zurück, sobald Sie seine Nachricht gelesen haben… nicht!

» Ist der Absender ein Kollege, unterbrechen Sie ihn rasch und sagen Sie: „Schon gehört? In der (am weitesten entfernten) Etage gibt es gerade Kuchen für alle! Wir sehen uns gleich dort!" Die gewonnene Zeit können Sie nutzen, um die E-Mail des Kollegen zu lesen, oder auch nicht.

» Sagen Sie mit monotoner Stimme „Vielen Dank für Ihren Anruf, ich bin sofort für Sie da" und singen Sie dann alle Strophen von „Auf der Mauer, auf der Lauer". Sollte der Anrufer dann immer noch in der Leitung sein, wiederholen Sie das Ganze.

» Rufen Sie sehr laut und in einem schockierten Ton „Ob ich Ihre E-Mail bekommen habe? Ha!", immer und immer wieder, bis der Anrufer auflegt.

» Falls Sie sehr schnell und sehr leise tippen können, antworten Sie rasch auf die E-Mail mit dem Text: „Ihre Nachricht konnte leider nicht zugestellt werden. Bitte versuchen Sie es später noch einmal." Wenn der Anrufer das erwähnt, sagen Sie genervt, dass das nicht zum ersten Mal passiert und die E-Mails erfahrungsgemäß erst morgen wieder funktionieren.

» Sagen Sie „Tut mir leid, ich bin gerade nicht an meinem Platz" – egal, ob der Anrufer Sie auf dem Festnetz oder dem Mobiltelefon angerufen hat.

» Verstellen Sie Ihre Stimme und geben Sie sich als Ihre eigene Assistentin aus, die leider nur sehr laut Portugiesisch spricht.

» Sagen Sie: „Laut aktueller Firmenrichtlinie ist es mir leider nicht gestattet, über derartige Angelegenheiten mittels Fernsprecheinrichtung zu kommunizieren. Guten Tag." Etwaige Einsprüche unterbinden Sie mit einem lauten und bestimmten: „Ich sagte ‚guten Tag'!"

» Behaupten Sie, Sie hätten keine E-Mail erhalten, und bitten Sie die Person, die Nachricht gleich nochmal zu schicken und unbedingt die sehr komplizierte E-Mail-Adresse korrekt zu schreiben. Buchstabieren Sie dann Ihre E-Mail-Adresse sehr schnell und unverständlich, bedanken Sie sich rasch und legen Sie auf.

» Wenn es immer wieder dieselbe Person ist, die Sie direkt nach einer abgeschickten E-Mail anruft, versuchen Sie, diese Unart nachhaltig zu beenden, indem Sie der betreffenden Person einige Wochen lang mindestens drei Mal täglich eine E-Mail mit dem Inhalt „Ich rufe Sie gleich an" schicken und sie anschließend anrufen, um zu fragen, ob sie Ihre E-Mail erhalten hat.

Die nervigsten Kollegentypen

Steckbrief:

Name: Die Schwarzseherin

Fähigkeiten: Panik, Pessimismus

Hilfsmittel: Kontakt vermeiden

Von der Schwarzseherin sind am allermeisten jene Personen betroffen, die mit ihr ein Projekt bewältigen müssen. Denn vom ersten Moment an „weiß" die Schwarzseherin ganz genau, dass alles zum Scheitern verurteilt ist. Mit ihren negativen Vorhersagen verbreitet sie gekonnt Panik, indem sie andere Kollegen mit ihrem Pessimismus ansteckt. Selbst an der positivsten Mitteilung findet die Schwarzseherin noch das Negative, das nicht nur ihr, sondern allen anderen Anwesenden gehörig die Suppe versalzt.

Was Sie von der Schwarzseherin erwarten können:

Eigentlich können Sie gar nichts von niemandem erwarten oder vom Leben im Allgemeinen. Es ist alles schlecht. Alles!

Was Sie im Umgang mit der Schwarzseherin vermeiden sollten:

Teilen Sie niemals gute Neuigkeiten mit der Schwarzseherin und fragen Sie sie ebenso wenig, wie es ihr geht, wenn Sie nicht mindestens eine Tagesdosis Antidepressiva griffbereit haben. Solange es sich irgendwie vermeiden lässt, arbeiten Sie niemals mit der Schwarzseherin zusammen.

Wie Sie mit der Schwarzseherin umgehen sollten:

Sie können die Schwarzseherin nicht aufheitern. Beschränken Sie Interaktionen mit ihr auf ein Minimum, solange Ihnen Ihr Frohsinn etwas wert ist. Möchten Sie die Welt hingegen brennen sehen, sorgen Sie dafür, dass die Schwarzseherin und die Immerfrohe im selben Projekt landen oder sich sogar ein Büro teilen müssen.

Die nervigsten Kollegentypen

Steckbrief:

Name: Der Faulpelz

Fähigkeiten: Nichts tun, Schlafen

Hilfsmittel: Lockmittel Essen & Alkohol

Das Faulpelzdasein ist eine Lebenseinstellung, die die meisten Faulpelze geradezu perfektioniert haben. Sie machen in jeder Hinsicht nur das Nötigste. Bezogen auf die Arbeit bedeutet das: Solange der Faulpelz nicht gefeuert wird, ist er zufrieden. Er erscheint im Büro, und damit ist sein Tagesziel bereits erreicht. Der Faulpelz wirkt nicht einmal nach außen hin fleißig, weil er sogar dazu zu faul ist.

Was Sie von dem Faulpelz erwarten können:

Wirklich absolut überhaupt gar nichts. Schon gar kein Engagement oder dass er sein Geschirr in der Büroküche wegräumt.

Was Sie im Umgang mit dem Faulpelz vermeiden sollten:

Haben Sie niemals irgendwelche Erwartungen an den Faulpelz – schon gar nicht, wenn diese mit Arbeit verbunden sind.

Übertragen Sie dem Faulpelz niemals wichtige Aufgaben, die er nicht in seinem Tempo im Sitzen erledigen kann.

Wie Sie mit dem Faulpelz umgehen sollten:

Der Faulpelz tut niemandem etwas, aber es nervt ungemein, wenn Sie mit ihm zusammenarbeiten oder hinter ihm aufräumen müssen. Viele Faulpelze haben allerdings einen Motivationsknopf, den Sie finden und drücken können. Zum Beispiel kann man sie zu guter Arbeit motivieren, indem man ihnen ein besonders leckeres Essen oder viel Alkohol verspricht. Aber Vorsicht: Durch die Anstrengung, dieses Ziel zu erreichen, ist der Faulpelz so ausgelaugt, dass Sie in den folgenden Wochen noch weniger von ihm erwarten können als sonst.

Quiz: Welcher nervige Kollegentyp sind Sie?

Niemand ist perfekt. Was ist die Eigenschaft, die Ihre Kollegen an Ihnen am meisten nervt? Finden Sie es mit diesem Quiz heraus!
Anleitung: Kreuzen Sie bei jeder Frage die Antwort an, die Ihnen am ehesten entspricht. Notieren Sie die Punktezahl, die hinter der Antwort aufgeführt ist. Addieren Sie am Ende alle Punkte und sehen Sie in der Lösungstabelle nach, welcher Kollegentyp Sie sind.

FRAGE 1: WIE FINDEN SIE ES, WENN EINER IHRER KOLLEGEN UNANGENEHM RIECHT?

A: Mir wäre noch nie jemand aufgefallen, der in unserem Büro stinkt. (2)
B: Das ist ein sehr kleiner Preis dafür, dass er vermutlich Wasser einspart und unsere Umwelt nicht mit einem dieser giftigen Deosprays verseucht. (6)
C: Das darf ja wohl nicht wahr sein! Der kann was erleben, den mache ich platt! (4)
D: Wie war die Frage nochmal? (5)

FRAGE 2: SIE KOMMEN INS BÜRO UND ERFAHREN, DASS DIE JAHRESZIELE NICHT ERREICHT WURDEN. WIE GEHEN SIE MIT DIESER INFORMATION UM?

A: Oh Gott, hoffentlich heißt das nicht, dass ich jetzt mehr arbeiten muss. (10)
B: Herausforderungen machen das Leben spannend, wir sind ein Team und wir schaffen das! (9)

C: Das war's dann wohl. Die Firma wird schließen, wir werden alle arbeits- und obdachlos und können uns nunmehr auf den sicheren Tod freuen. (1)
D: Ich habe die Information leider nicht erhalten, ich war an diesem Tag spät dran. (3)

FRAGE 3: ALLE KOLLEGEN WOLLEN NACH DER ARBEIT NOCH ETWAS TRINKEN GEHEN. SIND SIE DABEI?

A: Alle meine Lieblingsmenschen an einem Ort versammelt? Der beste Tag aller Zeiten! (7)
B: Nur, wenn wir in ein veganes, klimaneutrales, behindertengerechtes, genderkonformes Lokal gehen. (6)
C: Puh, muss ich mich dafür bewegen? (10)
D: Unbedingt, da kann man wunderbar Gerüchte über die Kollegen austauschen, die nicht dabei sind. (8)

FRAGE 4: SIE BEKOMMEN EINE UNVERSTÄNDLICHE ARBEITSANWEISUNG. WIE GEHEN SIE DAMIT UM?

A: Das ist überhaupt kein Problem, ich habe ein tolles Team um mich herum, und gemeinsam schaffen wir alles! (9)
B: Ich HASSE unverständliche Arbeitsanweisungen! Wer das verbockt hat, kann etwas erleben! (4)
C: Na super, ist ja wieder mal klar. Alle schlechten Dinge dieser Welt passieren immer nur mir. (1)
D: Hä? (5)

FRAGE 5: DIE AUFREGUNG IST GROSS: JEMAND HAT SICH VERDORBENEN FISCH IN DER MIKROWELLE DER GEMEINSCHAFTSKÜCHE AUFGEWÄRMT, DAS GANZE STOCKWERK STINKT BESTIALISCH, UND DAS GEBÄUDE MUSS EVAKUIERT WERDEN. SIE WISSEN, WER ES WAR – WIE GEHEN SIE DAMIT UM?

A: Was? Da komme ich ein Mal zu spät und verpasse so ein Spektakel! (3)
B: Ist das wirklich passiert? Ich riech' gar nix. (2)
C: Ich sage ihm, dass er sich keine Sorgen machen muss und ich es keinem erzählen werde. Und direkt danach laufe ich los und erzähle es JEDEM! (8)
D: Ich erkläre ihm, dass unsere Meere überfischt sind und defekte Mikrowellen rund 0,5 % der stetig wachsenden Müllberge ausmachen, die drohen, unsere Erde zu ersticken. (6)

FRAGE 6: EIN NEUER KOLLEGE HAT SEINEN ERSTEN TAG. WIE BEGRÜSSEN SIE IHN?

A: Wozu soll ich ihn begrüßen? Der wurde bestimmt nur eingestellt, um mich zu ersetzen. Ich habe ständig solches Pech. (1)
B: Toll, ein neuer Freund! Ich lade ihn direkt zum Mittag- und Abendessen ein, um alles über ihn zu erfahren. (7)
C: Wenn der kleine Penner mich bei der Arbeit stört, flippe ich aus! (4)
D: Ein neuer Kollege? Ups, den muss ich knapp verpasst haben, ich war heute etwas spät dran. (3)

FRAGE 7: FÜR EIN NEUES PROJEKT WIRD EIN TEAM ZUSAMMENGESTELLT. WELCHE ROLLE WOLLEN SIE ÜBERNEHMEN?

A: Muss ich wirklich? Ich will doch eigentlich nur hier sitzen. (10)
B: Ganz egal, mit meinem super-duper Team meistere ich jedes Projekt mühelos! (9)
C: Ich übernehme eine Position, in der ich möglichst viel über alle anderen Kollegen herausfinden kann, damit mir der Gesprächsstoff mit den Unbeteiligten nicht ausgeht. (8)
D: Worum geht's nochmal? (5)

FRAGE 8: OHNE DIE EINWILLIGUNG DER ANDEREN MITARBEITER BRINGT EIN KOLLEGE EINEN AUTOMATISCHEN DUFTSPENDER AN. WIE REAGIEREN SIE DARAUF?

A: Oh, wie toll, er verwendet ja das Geschenk, das er von mir bekommen hat! (7)
B: Na warte, das Ding stopfe ich ihm in den Rachen, bis es auf der anderen Seite wieder rauskommt! (4)
C: Ein Duftspender? Wo? Ich rieche gar nichts. (2)
D: Diese Dinger sind pures Gift für die Umwelt! Alles aus Plastik, und dann erst diese CO_2-schleudernden Gaskartuschen. Das muss ich ihm erklären, dann steigt er bestimmt auf Blütenpotpourri um. (6)

FRAGE 9: EIN KOLLEGE HAT FÜR ALLE ESSEN MITGEBRACHT, DAS ETWAS VERDÄCHTIG RIECHT. ESSEN SIE ES TROTZDEM?

A: Ich frage meinen guten Freund einfach danach. Er kann bestimmt erklären, was es damit auf sich hat! (7)
B: Mir wäre jetzt kein verdächtiger Geruch aufgefallen. (2)
C: Das Essen wird uns alle umbringen, wenn es schon so komisch riecht. Auch egal, es läuft ja sowieso alles auf den Tod hinaus. (1)
D: Was hat das eine mit dem anderen zu tun? Ich verstehe den Zusammenhang nicht. (5)

FRAGE 10: IHRE FIRMA IST BIS AUF DIE GRUNDMAUERN NIEDERGEBRANNT. WIE REAGIEREN SIE DARAUF?

A: Geil, ich muss eine Weile nicht arbeiten! (10)
B: Das ist lediglich ein neuer Berg, den meine Arbeitsfamilie und ich gemeinsam erklimmen werden. Kein Problem! (9)
C: Wann ist das denn passiert? Ich hab' den Bus verpasst. (3)
D: Ich verbreite das Gerücht, dass dieser eine Kollege das Gebäude angezündet hat, der schnappt mir sonst vielleicht die Beförderung weg. (8)

LÖSUNGSTABELLE

Ergebnis	Kollegentyp	Bedeutung
18 – 24 Punkte	Schwarzseherin	War ja klar, dass Sie wieder die niedrigste Punktezahl erreichen, Sie haben ja sowieso ständig Pech.
25 – 32 Punkte	Stinker	Ist Ihnen schon einmal aufgefallen, dass Sie sehr oft Seifen- und Duftsets geschenkt bekommen?

33 – 40 Punkte	Unpünktliche	Schön, dass Sie auch endlich hier sind. Lassen Sie uns raten: Sie haben den Bus verpasst?
41 – 47 Punkte	Choleriker	Kein Grund, sich aufzuregen. Irgendwas musste bei diesem Quiz schließlich herauskommen.
48 – 55 Punkte	Begriffsstutzige	Haben Sie überhaupt verstanden, worum es hier gerade geht?
56 – 62 Punkte	Weltverbesserer	Hoffentlich recyceln Sie dieses Buch nach der Verwendung ordnungsgemäß.
63 – 70 Punkte	Freundschafliche	Wenn Sie so viele Freunde haben, warum verbringen Sie Ihre Zeit dann allein mit diesem Quiz?
71 – 78 Punkte	Doppelzüngiger	Sie können den Kollegen ja erzählen, es sei etwas ganz anderes herausgekommen.
79 – 85 Punkte	Immerfrohe	Die Welt ist eine bunte Schmetterlingswiese, und alles wird gut!
86 – 92 Punkte	Faulpelz	Wie haben Sie es überhaupt bis hierhin geschafft? Wir hätten gedacht, Sie lesen schon Frage 1 nur bis zur Hälfte.

Wie man seinen Kollegen sagt, dass sie dumm sind

Wie man seinen Kollegen sagt, dass sie dumm sind

Manchmal möchten Sie Ihre Kollegen einfach nur am Kragen packen, kräftig durchschütteln und ihnen ins Gesicht brüllen, was Sie über sie denken. Wir verstehen das. Aber am Arbeitsplatz ist ein professionelles Auftreten unerlässlich. Damit Sie Ihre Meinung trotzdem frei äußern können, verpacken Sie diese gekonnt in ein hübsches Beleidigungspaket – mit Schleife!

Das Beleidigungskompliment

Die subtilste Art, jemandem Ihre negative Meinung über ihn mitzuteilen, ist, diese in einem vermeintlichen Kompliment zu verstecken. Das kann für Sie eigentlich nur positiv ausgehen: Sehr wahrscheinlich ist Ihr Gegenüber ohnehin geistig nicht fähig, die Beleidigung hinter dem Kompliment zu enttarnen. Falls es das wider Erwarten doch schaffen sollte, können Sie immer noch behaupten, Sie hätten es wiiiiirklich nett gemeint.

DAS LOB DES MUTIGEN

Mit diesem Beleidigungskompliment kommen Sie in vielen Lebenslagen weiter:
„Ich finde Ihren Mut bewundernswert."
Diesen Satz können Sie der Situation entsprechend anpassen, zum Beispiel: „Ich finde Ihren mutigen Kleidungsstil bewundernswert" oder „Ich finde Ihre mutige Herange-

hensweise bewundernswert". Er funktioniert in seiner Reinform aber ebenso gut, um Kollegen, die Sie nicht leiden können, nach einer Präsentation zu verunsichern.

DIE ANERKENNUNG DER FÄHIGKEITEN

Je nach tatsächlicher kognitiver Begabung kann diese Aussage als Beleidigung und Kompliment gleichermaßen aufgefasst werden. Sie ist in der Tat beides:
„Nicht jeder hätte es mit Ihren Fähigkeiten so weit gebracht!"
Oder einfacher ausgedrückt: „So dumm, wie Sie sind, grenzt es an ein Wunder, dass Sie noch leben." Mit dieser Aussage ist allerdings Vorsicht gegenüber Vorgesetzten geboten. Falls Sie Pech haben, ist eine der wenigen seiner Gehirnzellen gerade schwer am Schuften, und Ihr Chef versteht die Kernaussage.

DAS BESCHREITEN NEUER LÖSUNGSWEGE

Sie kennen das bestimmt: Ein Problem muss gelöst werden, und mal wieder wird der denkbar inkompetenteste Kandidat mit der Aufgabe betraut. Natürlich könnten und wüssten Sie es besser, aber Sie sind müde, das immer wieder zu betonen. Und dann kommt der Moment, in dem der Verantwortliche seine zum Scheitern verurteilte Strategie vorstellt, und Ihr Feedback ist gefragt. Sie wollen nicht schon wieder sagen „So einen Blödsinn habe ich noch nie gehört, das funktioniert bestimmt nicht", also bemerken Sie stattdessen:
„Wow, ich glaube, an SO EINE Lösung hätte sonst niemand gedacht."
Und denken sich im Geiste dazu: „Zu Recht."

DIE BEKRÄFTIGUNG KREATIVER IDEEN

Leider kommt es im Arbeitsleben viel zu häufig vor, dass jemand Wege beschreitet, die alles andere als zielführend sind. Was sollen Sie dazu schon sagen, außer:
„Ihre Herangehensweise ist wirklich sehr... kreativ."
Achten Sie dabei darauf, dass die Pause zwischen den beiden letzten Wörtern lang genug ist, sodass Sie einen Spannungsbogen erzeugen, aber nicht so lang, dass Ihr Gegenüber denkt, die Unterhaltung sei vorbei.

DIE BEWUNDERUNG DES DURCHHALTEVERMÖGENS

Manchmal möchten Sie einem Kollegen einfach nur sagen: „Der einzige Job, für den Sie vielleicht geeignet wären, ist Lichtschaltertester – und das auch nur, wenn Sie der einzige Bewerber sind." Aber sogar diese Aussage können Sie netter verpacken:
„Es ist bewundernswert, wie Sie trotz der offensichtlichen Herausforderungen, die Sie zu bewältigen haben, immer am Ball bleiben."
Nachfragen, welche Herausforderungen Sie meinen, können Sie geschickt umgehen, indem Sie mit einem Blick auf die Uhr bemerken, wie spät es schon ist, und dann weggehen.

DIE AKZEPTANZ DES SELBSTVERTRAUENS

„Man sollte immer man selbst sein – es sei denn, man ist Sie, dann sollte man lieber jemand anderes sein." Das ist natürlich nichts, was man ohne weitere Konsequenzen einem Kollegen ins Gesicht sagt. Besser ist:

„Sie sind immer Sie selbst, egal, was andere denken. Toll!" Und bis auf das letzte Wort ist es sogar wahr.

DIE HERVORHEBUNG DES UNMÖGLICHEN

Haben Sie auch so einen Kollegen, bei dem Sie schon vorher wissen, dass er, egal, was er anfängt, spektakulär versagen wird? Die „Ich hab's gewusst"-Kultur ist leider verpönt, aber Sie können Ihrem Vorhersagetalent noch anders Tribut zollen:
„Es ist wirklich schwierig, Sie zu unterschätzen."
Nach dieser Aussage sollten Sie Ihrem Gegenüber je nach Begabung nicht zu lange Zeit zum Nachdenken geben.

DIE WÜRDIGUNG DES EINZIGEN TALENTS

„Sie können nur wenig, aber das dafür sehr schlecht." So eine plumpe Aussage ist viel zu offensichtlich, und selbst der minderbemitteltste Kollege würde damit vielleicht zur Personalstelle laufen. Üben Sie sich stattdessen in positiver Kritik und heben Sie das hervor, was der Kollege durch seine ständige Übung hervorragend beherrscht:
„Ich wünschte, ich könnte mit Misserfolgen so gut umgehen wie Sie."
Das Wort „Misserfolg" können Sie hier situationsbedingt austauschen, beispielsweise durch „Unordnung", „Kundenbeschwerden" oder „Kritik".

DIE WERTSCHÄTZUNG DER AUSSENWIRKUNG

Sie können sich ausnahmsweise mal darauf konzentrieren, welche Vorteile es hat, mit Ihrem Gegenüber zusammenzuarbeiten. Es gibt Menschen, in deren Gegenwart findet man seine eigenen Defizite nicht mehr so schlimm, oder anders formuliert:
„Ich fühle mich immer viel intelligenter, wenn ich mich mit Ihnen unterhalte."
Auf kollegialer Ebene ist das gleichzusetzen mit „Wenn ich mit Ihnen zusammenarbeite, merke ich immer, wie gut ich in diesem Job bin!".

DIE HOCHACHTUNG VOR DER SCHÖNHEIT

Es ist ein staubiges Vorurteil, dass schöne Menschen nicht intelligent sind und umgekehrt. Sie wissen das, Sie sind schließlich beides. Es soll aber vorkommen, dass ein hübsches Gesicht viele Hindernisse überwinden kann, die ein beschränkter Geist einem in den Weg legt. In diesem Fall wollen Sie die positiven Eigenschaften Ihres Gegenübers hervorheben, indem Sie kundtun:
„Sie sehen sehr viel hübscher aus, als Sie intelligent sind."
Vorausgesetzt, Ihre Einschätzung des Denkvermögens Ihres Gegenübers ist korrekt, wird es sich über das nette Kompliment freuen und seinem Spiegelbild für das gekonnte Styling gratulieren, bevor es überhaupt auf die Idee kommt, über den zweiten Teil des Satzes intensiver nachzudenken.

DIE BEGRÜSSUNG NEUER KOLLEGEN

Wenn Sie schon einmal als Unbeteiligter einen Bewerbungsprozess bis hin zur Einstellung beobachten durften, haben Sie sich vielleicht gefragt, ob der neue Mitarbeiter mittels Würfeln ausgewählt wurde. An seiner Qualifikation kann's schließlich nicht liegen. Hilft aber nichts – jetzt haben Sie den neuen Kollegen am Hals und können ihn gebührend empfangen:
„Ich hätte niemals gedacht, dass SIE den Job kriegen. Herzlichen Glückwunsch!"

„Sie sind dumm" - aber in elegant

Eher selten im Leben sieht man jemandem in die Augen und sagt: „Sie sind dumm!" Schade eigentlich, denn insbesondere im Arbeitsleben hätte man oft große Lust dazu. Besinnen Sie sich auf Ihr edles Gemüt und verpacken Sie die Botschaft in die blumige Feudalsprache der Ritter und Burgfräulein.

» „Mich dünkt, eure Gedanken sind von eher schlichter Natur."

» „Euer einfaches Gemüt vermag mich zu erstaunen."

» „Eure intellektuellen Pfade scheinen schmal und gerade."

» „Eure schlichte Gemütsart vermag sich auf eure Denkweise zu übertragen."

- „Die geringe Komplexität eures Verstandes ist von wahrlich erstaunlicher Natur."

- „Euer Geist scheint in flachen Gewässern zu segeln."

- „Euer Verstand scheint so rein zu sein wie euer Herz."

- „Euer Denkapparat dürfte bereits den Ruhestand genießen."

- „Erstrebenswert scheinen die unkomplizierten Bahnen eurer Gedanken."

- „Mich dünkt, euer Wissen hat die Tiefe eines Bachs in der Sommerdürre."

Die Frustseite

Manchmal geht es nicht so elegant, wie Sie es gerne hätten. Dann muss der Frust raus. Damit Sie Ihren Job trotzdem behalten, kritzeln Sie die an Ihre Kollegen gerichteten Schimpfwörter hierhin, statt sie ihnen ins Gesicht zu brüllen. Das ist ein kleines bisschen weniger befriedigend, aber dafür nachhaltig.

Steckdosenbefruchter

Fratzengulasch

Backpfeifenmagnet

Evolutionsbremse

So hilfreich wie ein Multitool: Eloquente Vergleiche

Je dümmer Ihr Gegenüber ist, desto besser eignet sich die Variante des eloquenten Vergleichs, um ihm Ihre Meinung mitzuteilen. Nicht nur, dass der jeweilige Vergleich dann noch zutreffender ist – Ihr Gegenüber hat auch schlicht nicht den Grips zu entschlüsseln, dass Sie ihm gerade den Intelligenzquotienten einer verschimmelten Karotte bescheinigen.

KENNEN SIE PATRICK?

„Ihr Gehirn funktioniert so faszinierend wie das eines Seesterns."
Das klingt, als hätten Sie letzten Abend eine fesselnde Doku über die komplexen neurologischen Fähigkeiten von Seesternen gesehen. Sie wissen jedoch lediglich, dass Seesterne kein Gehirn haben. Eigentlich könnte das jeder wissen, der schon einmal „SpongeBob Schwammkopf" gesehen hat. Ob Ihr dummer Kollege ebenfalls unter einem Stein lebt? Zuzutrauen wäre es ihm.

DER LIEBENSWERTE FISCH

Wir bleiben bei beliebten, aber minderbemittelten Meeresbewohnern.
„Manchmal erinnern Sie mich an Dorie aus ‚Findet Nemo'."
Das kann man doch kaum als Beleidigung auffassen, schließlich kann man den blau-gelben Fisch nur lieben. So richtig hell flackern die Intelligenzlichter bei der kleinen Leuchte allerdings nicht. Aber immerhin ist sie lustig.

WER LATEIN KANN, IST KLAR IM VORTEIL

„Sie erinnern mich an die Gattung der Folivora, die mit ihren einzigartigen Fähigkeiten komplexe Lebensräume für sich erobert haben."
Klingt wie ein unfassbar freundliches Kompliment. „Folivora" ist allerdings schlicht der lateinische Name für Faultiere. Diese sind zwar nicht so dumm, wie viele Menschen denken, aber zumindest sind sie seeeehr langsam. So wie Ihr Kollege im Kopf...

HEAD OF OFFICE

Je dümmer ein Mensch ist, desto höher sind die Ziele, zu denen er sich berufen fühlt. So scheint es das Naturgesetz zu wollen. Die US-Serie „The Office" weiß das und ernennt passenderweise den dümmsten aller Mitarbeiter zum Chef.
„Sie wären zum Büroleiter mindestens so gut geeignet wie Michael Scott" klingt daher höchst schmeichelhaft für jemanden, der die Sitcom nie gesehen hat.

WER HAT AN DER UHR GEDREHT?

Jeder, der irgendeine Ausführung von „Der rosarote Panther" gesehen hat, wundert sich, dass der dümmliche Inspektor seinen Job nicht längst verloren hat.
„Dieses Projekt haben Sie so gut bewältigt, wie Inspektor Clouseau seine Fälle löst" ist daher eine eher durchschaubare, aber sehr zutreffende Möglichkeit, Ihrem Kollegen zu sagen, dass er eine Aufgabe mal wieder total verkackt hat.

SIE SIND K-L-U-K!

Die nächste Leuchte, die vor allem durch das Fehlen kognitiver Fähigkeiten glänzt, ist Homer Simpson. Selbst, wenn er sich darüber freut, wie intelligent er laut eigener Annahme ist, beweist er seinen eigenen Irrtum direkt wieder durch das falsche Buchstabieren des Wortes „klug". Wer wäre besser geeignet für einen treffenden Vergleich mit dem allerdümmsten Ihrer Kollegen?
„Sie sind so intelligent, Marge Simpson würde Sie glatt heiraten" ist noch eine der freundlicheren Varianten.

DARF'S ETWAS DEUTLICHER SEIN?

Es ist eine große Herausforderung, Ihrem Kollegen so deutlich zu sagen, wie dumm er ist, dass er es auch versteht – schließlich ist er dafür schlichtweg zu dämlich. Doch es gibt ein paar Vergleiche, die sogar er verstehen könnte.

» „Sie sind so helle wie eine Glühbirne während eines Stromausfalls."

» „Ihr Verstand ist so scharf wie ein Plastikmesser aus einer Spielküche."

» „Der Bereich zwischen Ihren Ohren ist so leer wie eine Mülltonne, nachdem die Müllabfuhr da war."

» „Ihr Gehirn arbeitet so schnell wie der Körper einer Schildkröte im Winterschlaf."

» „Ihr Wissen ist so tief wie das Kinderbecken im Schwimmbad."

- „Ihr Gehirn hat so viele Verbindungen wie ein stillgelegter Regionalflughafen."

- „Ihr Verstand ist wie ein zehnteiliges Puzzle, von dem neun Teile fehlen."

- „Ihre Denkleistung ist so schnell wie ein LKW auf einer einspurigen Autobahn während der Hauptverkehrszeit."

- „Ihr Beitrag ist so wertvoll wie der Inhalt einer vollen Babywindel."

- „Wenn Sie die Augen schließen, sehen Sie, wie hell Ihr Verstand erstrahlt."

Zitate sind das Schwert der modernen Zeit

Sehr viele Dichter, Denker und anderweitig begabte Personen haben sich im Laufe der Jahrhunderte dazu geäußert, wie beschränkt der menschliche Geist zuweilen ist. Sie maßen sich selbst natürlich nicht an, das besser zu beherrschen als diese profunden Persönlichkeiten – warum also nicht deren Andenken würdigen, indem Sie sie einfach zitieren? Wenn Ihr Kollege mal wieder etwas so Dummes sagt, dass Ihnen fast keine (freundliche) Antwort einfällt, punkten Sie mit einem passenden Zitat.

- „Dummheit ist auch eine natürliche Begabung." – Wilhelm Busch

» „Es ist schwierig, einen Menschen dazu zu bringen, etwas zu verstehen, wenn sein Gehalt davon abhängt, es nicht zu verstehen." – Upton Sinclair

» „Wer in einem gewissen Alter nicht merkt, dass er hauptsächlich von Idioten umgeben ist, merkt es aus einem gewissen Grunde nicht." – Curt Goetz

» „Dumm wird man nicht, dumm bleibt man." – Esther Vilar

» „Der Unterschied zwischen Genie und Dummheit besteht darin, dass das Genie seine Grenzen kennt." – Albert Einstein

» „Der Vorteil der Klugheit besteht darin, dass man sich dumm stellen kann. Das Gegenteil ist schon schwieriger." – Kurt Tucholsky

» „Im Moment vermitteln Sie mir die geistige Frische einer Tigerente." – Günther Jauch

» „Streite niemals mit dummen Leuten, sie werden dich auf ihr Niveau herunterziehen und dich dann mit Erfahrung schlagen." – Mark Twain

» „Es gibt Leute, deren ganzes Verdienst darin besteht, Dummheiten zu sagen und zu tun." – François de La Rochefoucauld

» „Dummheit ist keine Schande. Hauptsache, man hält den Mund dabei." – Werner Mitsch

Frustmalen: ein hübscher Vollidiot

Lenken Sie Ihren Frust in kreative Bahnen und malen Sie eine hübsche Beleidigung aus, statt eine hässliche Beleidigung in den Raum zu brüllen.

Gute Ratschläge

Jeder freut sich doch über einen gut gemeinten Ratschlag von einem Vertrauten. Und wenn jemand wirklich guten Rat gebrauchen kann, dann die Vollpfosten, mit denen Sie zusammenarbeiten. Verbinden Sie gute Ratschläge mit einem Wink auf die geistigen Kapazitäten Ihres Gegenübers.

HALTEN SIE ES WIE MARK TWAIN

Manche Menschen sind sich ihrer Dummheit derartig unbewusst, dass sie sie bei jeder Gelegenheit unter Beweis stellen. Schwer mitanzusehen, wenn sich jemand blamiert und anschließend peinliches Schweigen herrscht. Lassen Sie Ihren Kollegen in dieser blamablen Situation nicht allein und sagen Sie:
„Sie wissen, was Mark Twain sagt: ‚Es ist besser, seinen Mund zu halten und dumm zu erscheinen, als ihn zu öffnen und alle Zweifel zu beseitigen.' Sie sollten öfter mal auf Mark Twain hören."

WÜRDIGEN SIE, WAS SIE HABEN

Wird einem Menschen bewusst, dass er mit Intelligenz in etwa so gesegnet ist wie ein aufgeschlagenes Ei, kann das schmerzhaft sein. Muntern Sie ihn etwas auf und machen Sie ihm bewusst, dass nicht alles so schlimm ist, wie es gerade scheint:
„Sie wissen doch, dass Wissen nicht wirklich Macht ist. Sie können auch so noch viel erreichen!"

VERSTEHEN SIE IHRE AUSSENWIRKUNG

Es ist immer gut, Ihre Aussagen mit belegbaren Fakten zu untermauern. Natürlich könnten Sie Ihrem Kollegen einfach sagen: „Alter, 90 % meiner Elektrogeräte sind smarter als Sie", aber neben fehlender Eleganz lässt dies zugleich eine gewisse Ernsthaftigkeit vermissen. Stützen Sie sich besser auf Tatsachen:

„Es gibt Studien, die besagen, dass manche Personen zwar nach außen hin dumm erscheinen, tatsächlich aber tiefe Denker sind. Sie könnten also ein richtiges Genie sein, es merkt nur niemand."

FINDEN SIE IHR TALENT

„Eigentlich kann jeder irgendetwas, nur Sie nicht." Natürlich wissen Sie, dass das nicht stimmt – obwohl es oft so wirkt, als wäre Ihr Kollege in etwa so nützlich wie ein Regenschirm für Fische. Aber Sie wissen, wie es wirklich ist:

„Jeder hat seine Stärken. Ihre verstecken sich nur wirklich, wirklich gut."

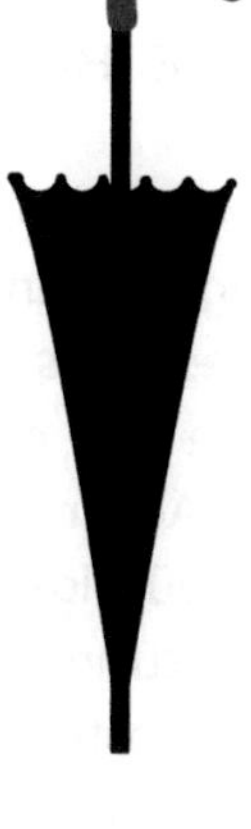

DURCHLAUFEN SIE DEN LERNPROZESS

Vielleicht schafft Ihr Kollege eines Tages irgendetwas Sinnvolles. Das ist zwar unwahrscheinlich, aber Sie können ja nicht in die Zukunft sehen. Immerhin möchten Sie ihm zugutehalten, dass er nicht müde wird, es zu versuchen:
„Fehler können nur passieren, indem man es versucht. Und Sie versuchen einfach wirklich sehr oft sehr viel."

VERGLEICHEN SIE SICH MIT HELDEN

Wer sagt, dass ein schlichter Geist nichts erreichen kann? Nun, vielleicht sagt es niemand laut, aber es ist ziemlich deutlich, dass die Möglichkeiten Ihrer dummen Kollegen in etwa so begrenzt sind wie ihre kognitiven Fähigkeiten. Aber das müssen die ja nicht wissen:
„In alten Zeiten waren viele Menschen von eher schlichter Natur. Und sehen Sie sich nur an, welche Heldengeschichten über diese Personen verfasst wurden!"
(Sie müssen ja nicht näher ausführen, welche Personen oder Geschichten Sie genau meinen.)

FEIERN SIE IHRE EINZIGARTIGKEIT

Es gibt Menschen, die bewundert man fast schon für ihre einzigartige Dummheit. Man denkt sich: „So dumm wie Sie zu sein, das muss man auch erst einmal schaffen." Aber das denkt man sich eben nur. Bringen Sie Ihre Gedanken elegant zum Ausdruck, indem Sie die Besonderheit Ihres Gegenübers würdigen:
„Die Schnittmenge zwischen den dümmsten Menschen und den klügsten Pantoffeltierchen ist wirklich klein, aber Sie haben es hineingeschafft."

Wenn Sie möchten, können Sie im Anschluss leise pfeifen oder kurz applaudieren, um Ihre Bewunderung zu unterstreichen.

SCHÄTZEN SIE SICH GLÜCKLICH

Die Sache mit dummen Menschen ist ja, dass ihre Dummheit eigentlich allen Personen um sie herum mehr Sorgen bereitet als dem Dummkopf selbst. Frei nach dem Motto „Selig sind die Unwissenden" wünscht man sich manchmal, man wäre selbst dumm, anstatt von Dummen umzingelt zu sein. Da kann sich Ihr Gegenüber wirklich glücklich schätzen, und das dürfen Sie ihm ruhig sagen:
„Wenn jemand stirbt, ist das für denjenigen nicht schlimm, denn er ist ja schon tot. Genauso ist das, wenn jemand dumm ist: Es ist viel schlimmer für alle um ihn herum. Was die Dummheit betrifft, sind Sie auf der angenehmeren Seite des Sargdeckels."

VERMEIDEN SIE GEWALT

Haben Sie schon einmal überlegt, dass es gar nicht so schlecht ist, dass Ihr Gegenüber so intelligent ist wie ein angebissener Keks? Das kann durchaus Vorteile haben. Deshalb dürfen Sie Ihren Kollegen hin und wieder dazu ermutigen, er selbst zu bleiben, und ihm für seine gedankliche Nullleistung auf die Schulter klopfen:
„Sie wissen ja: Es heißt, Intelligenz wäre eine mächtige Waffe. Ich finde es mutig und bewundernswert, dass Sie Gewalt keine Chance geben und grundsätzlich unbewaffnet herumlaufen."

Wenn ich Sie wäre, wäre ich dumm

Manchmal fehlen Ihnen regelrecht die Worte dafür, zu beschreiben, wie dumm Ihr Gegenüber ist. Dabei können kreative Analogien helfen, die selbst dem geistig benachteiligtsten Kollegen ein Bild über seine Außenwirkung vermitteln sollten.

WENN DUMMHEIT

» ... ansteckend wäre, müssten Sie Ihr Leben in Isolation fristen.

» ... eine Währung wäre, stünden Sie auf der Forbes-Liste der reichsten Personen.

» ... das Leben verlängern würde, wären Sie irgendwann der letzte Mensch auf Erden.

» ... eine olympische Disziplin wäre, könnten Sie Ihre Wohnung mit Goldmedaillen tapezieren.

» ... gesundheitsschädlich wäre, würden Sie nur noch von Maschinen am Leben gehalten werden.

» ... ein Baustoff wäre, könnten Sie sich die größte Villa der Welt bauen.

» ... eine Eintrittskarte wäre, wären Sie auf allen Partys dieser Erde willkommen.

» ... leuchten würde, könnten Sie nachts ganze Reisegruppen anführen.

» ... Lärm machen würde, würden Ihre Nachbarn jede Nacht die Polizei rufen.

» ... die Körpertemperatur regulieren würde, bräuchten Sie nie wieder eine Heizung oder Klimaanlage.

WENN INTELLIGENZ

» ... Allergien auslösen würde, müssten Sie als Einziger nicht niesen.

» ... Schmerzen verursachen würde, würden Sie sich wundern, warum alle um Sie herum vor Qualen schreien.

» ... ein Virus wäre, wären Sie immun.

» ... lebensnotwendig wäre, würde ich mich jetzt mit Ihrem Grabstein unterhalten.

» ... einen überallhin bringt, würden Sie stets bleiben, wo Sie sind.

» ... hässlich machen würde, wären Sie der schönste Mensch der Welt.

» ... ein Haustier wäre, hätten Sie einen tierfreien Haushalt.

» ... unsichtbar machen würde, wären Sie allein auf jeder Party.

» ... Regen wäre, würden Sie in einer ewigen Dürre leben.

» ... ein Sport wäre, hätten Sie niemals Muskelkater.

Einer von uns beiden ist schlauer als Sie

... was zu beweisen wäre. Wenn Worte machtlos sind, lassen Sie Taten sprechen. Es gibt einige kreative und bombensichere Wege, um Ihrem Gegenüber schonungslos zu zeigen, wie dumm er ist.

DER MINI-ESCAPE-ROOM

Bitten Sie Ihren Kollegen, seine Hände flach auf seinen Schreibtisch zu legen – bevorzugt in der Nähe technischen Equipments. Stellen Sie dann ein randvoll gefülltes Wasserglas auf seine Hände, sodass beide Hände darunter gefangen sind. Verkünden Sie ihm, wenn er intelligent ist, wird er schon einen Weg aus diesem kleinen selbstgebauten Escape-Room finden, ohne teure Firmentechnik zu zerstören. Bonus: Wenn Sie jetzt weggehen, haben Sie überdies eine ganze Zeit lang Ruhe vor dem nervigen Idioten.

DER TEST

Kopieren Sie diese Seite (oder lassen Sie es den Praktikanten tun) und erzählen Sie Ihrem dummen Kollegen, dies sei ein anerkannter IQ-Test. Schlau, wie er denkt zu sein, wird es ihm eine Freude sein, bei diesem kniffligen Rätsel sein Bestes zu geben.

Lösen Sie alle Aufgaben dieses Tests innerhalb von zwei Minuten.

- Lesen Sie alle Anweisungen sorgfältig durch, bevor Sie etwas tun.
- Schreiben Sie Ihren vollen Namen in die rechte obere Ecke dieser Seite.
- Unterstreichen Sie das Wort „Ecke" in Anweisung 2.
- Zeichnen Sie ein Herz in die linke obere Ecke dieser Seite.
- Schreiben Sie „Wird erledigt!" neben das Wort „Minuten" in der Überschrift.
- Streichen Sie das „Wird erledigt!" wieder durch.
- Malen Sie einen Kreis in die untere linke Ecke dieser Seite.
- Schreiben Sie Ihren Lieblingsbuchstaben in den Kreis, den Sie gerade gemalt haben.
- Addieren Sie 7588 + 6957 im Kopf und schreiben Sie das Ergebnis hier auf:
- Unterstreichen Sie das Ergebnis der Rechenaufgabe aus Anweisung 9 doppelt.
- Rufen Sie laut „Ich bin der Klügste", wenn Sie alle Anweisungen bis hierhin befolgt haben.

» Zeichnen Sie einen Kreis um jedes Wort „Kreis", das Sie auf dieser Seite finden.

» Zählen Sie laut von 20 rückwärts.

» Machen Sie mit einem Stift ein Loch in diese Seite.

» Ziehen Sie einen Kreis um alle geraden Ziffern auf dieser Seite.

» Lösen Sie die Multiplikation 497 x 58 in der unteren rechten Ecke dieser Seite.

» Wenn Sie alle Anweisungen bis hierhin befolgt haben, stehen Sie auf, drehen Sie sich einmal im Kreis und rufen Sie dabei laut Ihren vollständigen Namen.

» Machen Sie der Person, die Sie zu diesem Test aufgefordert hat, ein Kompliment.

» Zerknüllen Sie diese Seite und falten Sie sie anschließend wieder auseinander.

» Nachdem Sie alle Anweisungen sorgfältig durchgelesen haben, erledigen Sie Anweisung 2 und ignorieren Sie den Rest.

DER KARTENTRICK

Für diesen Idiotenbeweis brauchen Sie einen Komplizen – vorzugsweise jemanden, der Ihren dummen Kollegen genauso nervig findet wie Sie. Erzählen Sie dem dummen Kollegen, dass ein tadschikisches Forscherteam herausgefunden hat, dass besonders intelligente Personen es schaffen, diesen raffinierten Kartentrick durch bloßes Zusehen zu entlarven. Lassen Sie Ihren Komplizen dann eine Karte ziehen – und zwar so, dass weder Sie noch der dumme Kollege sie sehen können. Machen Sie dann mit den Karten, was Ihnen einfällt: ausgiebig mischen, quer durch den Raum werfen, wie ein Memory-Spiel verkehrt herum auf dem Boden ausbreiten. Werden Sie ruhig kreativ. Ziehen Sie anschließend wahllos eine Karte und fragen Sie Ihren Komplizen, ob es die richtige ist. Dieser wird stets mit „ja" antworten.

Wie lange wird Ihr dummer Kollege versuchen herauszufinden, wie dieser „Trick" funktioniert, bevor er Ihnen auf die Schliche kommt? Bei kognitiv besonders benachteiligten Idioten kann dieser Kartentrick jahrelang Spaß und Abwechslung ins Arbeitsleben bringen. Lassen Sie ruhig noch andere Kollegen an dem Spiel teilhaben – aber passen Sie gut auf, dass kein Doppelzüngiger dabei ist, der Ihnen den Spaß verdirbt!

Sagen Sie es in unseren Worten

Es ist endlich so weit! So lange haben Sie auf diesen Tag gewartet, und nun ist er endlich gekommen. Sie haben in der Lotterie gewonnen und brauchen Ihren Job nicht mehr. Oder Ihr verhasster Kollege wurde gefeuert. Oder Sie müssen in den Knast, und es ist sowieso schon alles egal.

Wie auch immer Sie es geschafft haben: Endlich können Sie Ihrem Kollegen oder Chef alles sagen, was Sie ihm schon immer an den Kopf werfen wollten! Doch jetzt fehlen Ihnen die Worte und Sie wissen gar nicht, wo Sie anfangen sollen. Kein Problem: Füllen Sie den Lückentext aus, treffen Sie Ihre Auswahl, streichen Sie Unzutreffendes – und fertig ist der Brief, den Sie schon seit Ewigkeiten verfassen wollten.

Tipp: Kopieren Sie diese Seite ein paar hundert Mal,

Sie werden sie noch öfter brauchen.

Liebe/r __________,

die letzten __ Wochen/Monate/Jahre unserer Zusammenarbeit waren eine herausfordernde Zeit. Ich erinnere mich noch gut an unsere erste Begegnung: Sie sagten nur „__________ __________________________“, und ich dachte: „Der Typ sieht aus wie ein __________ und riecht wie ein __________.“ Trotzdem wurden wir Kollegen/wurden Sie mein Vorgesetzter, und was soll ich sagen? Sie haben eindrucksvoll bewiesen, dass mein erster Eindruck korrekt war. Sie sind zweifelsfrei so überwältigend __________, dass man in früheren Zeiten Sagen über Sie verfasst hätte. Eigentlich verdiene ich einen Orden dafür, dass ich Ihre __________ und Ihren __________ so lange ertragen habe, ohne Sie zu __________. Sie erinnern sich vielleicht daran, dass ich häufig sehr zufrieden gelächelt habe, wenn wir uns unterhalten haben. Das liegt daran, dass ich in diesen Momenten unzählige Male davon geträumt habe, Ihnen mal so richtig schön den __________ zu __________, um im Anschluss in Ihr Büro zu __________, auf Ihren Schreibtisch zu ___________ und mir mit Ihren dämlichen Krawatten/hässlichen Familienfotos/„ach so wichtigen" Unterlagen den ___________ zu _________. Dazu wird es jetzt leider nicht mehr kommen, denn unsere Zusammenarbeit hat ihr jähes Ende gefunden. Schade eigentlich. Sie wissen ja, es heißt, man begegnet sich immer zwei Mal im Leben. Ich hoffe, nach dem heutigen Tag begegnet höchstens noch mein ___________ Ihrem ___________. Für Ihr weiteres Leben wünsche ich Ihnen nur ___________ und ___________, und dass Ihre Karriere verläuft wie ein ___________.

Herzliche Grüße, ___________

PS: Dieser Brief spiegelt vollinhaltlich die Meinung des gesamten Kollegiums wider. Insbesondere ___________ und ___________ bestellen ihre besten Grüße.

Freizeitfrustrationen

Freizeitfrustrationen

Das Schöne an Freizeit ist, dass man sie nicht mit nervigen Kollegen verbringen muss. Das Blöde daran ist jedoch, dass es jede Menge anderer Personen und Dinge gibt, die ihr Allerbestes geben, um Ihnen die wohlverdienten Mußestunden gründlich zu verhageln. Gegenüber manchen dieser Nervtöter sind Sie schlichtweg machtlos. Aber für einige gibt es durchaus Lösungswege, an die Sie vielleicht noch nicht gedacht haben.

Die lieben Nachbarn

Egal, ob Sie im geerbten Haus leben, für das ungünstigerweise die halbe Familie einen Schlüsselsatz besitzt, oder ob Sie drei Viertel Ihres Monatsgehalts, Ihre Seele und Ihr Erstgeborenes für eine schicke Mietwohnung verpfändet haben: Nachbarn kommen oftmals direkt aus der Hölle. Irgendwie scheinen sie ihren Lebensunterhalt damit zu verdienen, sich neue und kreative Arten auszudenken, wie sie Ihnen den letzten Nerv rauben können. Täglich zehn Kilo Stinktiereintopf zu kochen und den Duft ins Treppenhaus zu „lüften", reicht ihnen schon lange nicht mehr.
Ob sie ihre Schuhe und Müllbeutel im Treppenhaus lagern, ihre verkümmerten musikalischen Talente zu undenkbaren Zeiten zu fördern versuchen oder einen Dauerkurs in kreativer Müllentsorgung absolvieren – das Einzige, was noch nerviger ist als Nachbarn, über die man sich gerne beschwert, sind Nachbarn, die sich selbst gerne beschweren. Denn im Gegensatz zu Ihnen haben die eigentlich gar keinen Grund, genervt zu sein. Sie sind schließlich ein entzü-

ckender Nachbar, und die können froh sein, Sie zu haben. Trotzdem kommen folgende Beschwerden unserer umfassenden, nicht durchgeführten Studie zufolge besonders häufig vor:

- » Sie machen zu viel Lärm – besonders, wenn Sie sich erdreisten, nach 16 Uhr zu duschen oder nachts die Toilettenspülung zu bedienen. Schämen Sie sich! (Sie können froh sein, dass Sie jede Nacht einen Geräuschmix aus Gestöhne, schlechtem Musikgeschmack, Getrampel und Hundegebell als Einschlafhilfe haben.)

- » Auf Ihrer Fußmatte prangt ein unanständiger Spruch. Außerdem liegt bereits seit drei Tagen ein Grashalm darauf. Sie Schmutzfink! (Dass der Nachbar zwei Stockwerke weiter unten seinen Eingangsbereich in einen Escape-Room umgewandelt hat, tut hier nichts zur Sache.)

- » Ihre Katze löst bei der Enkelin der Dame, die drei Stockwerke unter Ihnen lebt, eine leichte Allergie aus. Jedes Mal, wenn sie ihre Oma alle viereinhalb Monate besucht, muss sie zweieinhalb Mal pro Tag niesen. Sie Kindermörder! (Auf das niedliche Schoßhündchen der Dame, das Ihnen letztens im Vorbeigehen die Achillessehne geschreddert hat, ist die Enkelin glücklicherweise nicht allergisch.)

- » Ihre Einkäufe standen letztens, als Sie die letzten Tüten noch aus dem Auto holten, locker drei Minuten lang GENAU vor der Tür. Jemand hätte sich das Genick brechen können. Wäre in diesem Moment ein Feuer ausgebrochen, wären alle Fluchtwege wegen Ihrer zwei Einkaufstüten komplett blockiert gewesen. Denken Sie nicht nach? (Der Sperrmüll, der bald seinen ersten Jahrestag im Treppenhaus feiert, ist gar kein Sperrmüll, sondern ein Gratis-Angebot für bedürftige Familien, die noch dringend Bedarf an einer antiken Matratze mit verdächtigen Flecken und dem Großteil eines IKEA-Schranks ohne Schrauben haben.)

» Sie haben auf dem Balkon ein Wurstbrot gegessen, wodurch sich die vegan lebende Familie über Ihnen schwer beleidigt gefühlt hat. Wie unsensibel! (Der Pelzmantel der Veganerin stinkt jetzt nach Wurst, und Sie sollten die Reinigung bezahlen. Ihr Glück, dass sie die Übergangszeit mit ihrer Wildlederjacke überbrücken kann.)

» Manchmal bekommen Sie Besuch, und sogar von unterschiedlichen Personen. Sie sind bestimmt einer dieser verabscheuungswürdigen Liebesdienstleister. Pfui! (Woher die Nachbarn überhaupt so genau wissen, wer Sie wann für wie lange besucht hat, geht Sie überhaupt nix an und spielt außerdem keine Rolle.)

» Haben Sie eigentlich schon bemerkt, dass jeder andere Nachbar seine Haustür/seinen Vorgarten immer hübsch und passend zur Jahreszeit dekoriert? Sie verschandeln den Gesamteindruck und das Image der gesamten Nachbarschaft! (Aber bitte stimmen Sie die Deko vorher mit allen Nachbarn im Umkreis von sieben Kilometern ab, damit sich niemand in seiner Ehre, Religion oder sonstigen Befindlichkeiten beleidigt fühlt.)

» Sie grüßen niemals irgendjemanden, Sie unhöfliches Subjekt. (Wenn Sie es doch tun, grüßt vielleicht niemand zurück, aber trotzdem gehört es sich, dass Sie gefälligst grüßen.)

» Ihr Rasen ist mindestens sieben Millimeter zu lang, und Sie haben den Rasenmäher bereits seit zwei Tagen nicht verwendet. Wie ungepflegt! (Aber bitte nur zwischen 11 und 11:08 Uhr an Tagen, die auf ein „u" enden, mähen, während Sonnenfinsternis herrscht – alles andere ist Lärmbelästigung.)

» Sie nehmen niemals Pakete für Ihre Nachbarn an. Warum leben Sie eigentlich hier? (Es spielt keine Rolle, ob Sie „zu Hause" waren, der Paketbote bei Ihnen „geklingelt" hat oder das Klavier in Ihre Wohnung „gepasst" hätte .)

Nerv-Barometer: Freizeit

Wie nervig sind die folgenden Dinge?

Der Kollege, der Sie anruft und um Rat fragt, obwohl Sie frei haben

Das Restaurant, das keinen Tisch frei hat, genauso wie die fünf Restaurants davor

☐ ☐ ☐ ☐ ☐ ☐ ☐ ☐ ☐ ☐

überaupt nicht nervig — ☒ kreuze an — da könnte ich alles kurz und klein schlagen

Der Radiosender, der Ihnen früher so gut gefallen hat, jetzt aber nur noch nervige Technolieder spielt

☐ ☐ ☐ ☐ ☐ ☐ ☐ ☐ ☐ ☐

überaupt nicht nervig — ☒ kreuze an — da könnte ich alles kurz und klein schlagen

Die Verabredung, die absagt, nachdem Sie vor fünf Minuten Ihre Backup-Verabredung abgesagt haben

☐ ☐ ☐ ☐ ☐ ☐ ☐ ☐ ☐ ☐

überaupt nicht nervig — ☒ kreuze an — da könnte ich alles kurz und klein schlagen

Das Fernsehprogramm

☐ ☐ ☐ ☐ ☐ ☐ ☐ ☐ ☐ ☐

überaupt nicht nervig — ☒ kreuze an — da könnte ich alles kurz und klein schlagen

Der Escape-Room, den Sie geschafft hätten, hätten Sie nur fünf Minuten mehr Zeit und/oder ein intelligenteres Team gehabt

überaupt nicht nervig | ☒ kreuze an | da könnte ich alles kurz und klein schlagen

Das Haus, das Ihnen die Aussicht versperrt und noch nicht da war, als Sie eingezogen sind

überaupt nicht nervig | ☒ kreuze an | da könnte ich alles kurz und klein schlagen

Der Nachbar, den Sie noch so freundlich grüßen können, der Sie jedoch niemals zurückgrüßen wird

überaupt nicht nervig | ☒ kreuze an | da könnte ich alles kurz und klein schlagen

Der Termin, den Sie für nach Feierabend vereinbart und dann vergessen haben

überaupt nicht nervig | ☒ kreuze an | da könnte ich alles kurz und klein schlagen

Das Wochenende, das Sie sich extra freigehalten haben und das Freitagabend schon sterbenslangweilig ist

überaupt nicht nervig

☒ kreuze an

da könnte ich alles kurz und klein schlagen

Der Kinofilm, der so gute Kritiken hatte und dann doch nur eine Verschwendung kostbarer Lebenszeit war

überaupt nicht nervig

☒ kreuze an

da könnte ich alles kurz und klein schlagen

Der Lieblingsort, der früher eine Oase der Ruhe war und heute total überlaufen ist

überaupt nicht nervig

☒ kreuze an

da könnte ich alles kurz und klein schlagen

Diese vielen kleinen Krümel, die eigentlich große Chips sein sollten

überaupt nicht nervig

☒ kreuze an

da könnte ich alles kurz und klein schlagen

Der Lieferdienst, der entweder falsches oder kaltes Essen bringt

überaupt
nicht nervig

☒ kreuze an

da könnte ich alles
kurz und klein schlagen

Die Kleinanzeigen-Elite, die Ihren vielversprechenden Nebenverdienst mit aussortiertem Kram ins Lächerliche zieht

überaupt
nicht nervig

☒ kreuze an

da könnte ich alles
kurz und klein schlagen

Der Kellner, der Sie seit einer gefühlten Stunde nicht bezahlen lässt

überaupt
nicht nervig

☒ kreuze an

da könnte ich alles
kurz und klein schlagen

Ihr Haustier, das irgendwie immer kuscheln und spielen will, außer wenn Sie gerade Zeit und Lust dazu haben

überaupt
nicht nervig

☒ kreuze an

da könnte ich alles
kurz und klein schlagen

Das vollgepackte Wochenende, an dem Sie sich auf alle Aktivitäten tierisch gefreut haben, wovon sich jede einzelne im Nachhinein als riesiges Ärgernis entpuppt

überaupt nicht nervig

☒ kreuze an

da könnte ich alles kurz und klein schlagen

Die nagende Stimme in Ihrem Hinterkopf, die Ihnen sagt, Sie sollten mal wieder Sport treiben, statt auf dem Sofa rumzuhängen

überaupt nicht nervig

☒ kreuze an

da könnte ich alles kurz und klein schlagen

Das Plakat im Treppenhaus, mit dem irgendein Nachbar mit lustig-verschnörkelten Wörtern eine hämmernde Party ankündigt, um Verzeihung bittet und jedem Nachbarn einen Schokokuss anbietet

überaupt nicht nervig

☒ kreuze an

da könnte ich alles kurz und klein schlagen

Unerwünschte Telefonate und wie Sie sie beenden

Sie haben viel zu tun. Sie müssen sich auf der Arbeit mit nervigen Kollegen herumschlagen, Ihre gegen Sie aufgebrachte Nachbarschaft besänftigen, den Haushalt schmeißen, und hin und wieder würden Sie gerne ein bisschen schlafen, essen oder leben. Aber immer ist irgendwas. Ständig will jemand etwas von Ihnen, und Sie sind natürlich viel zu freundlich, um etwas dagegen zu unternehmen. Aber keine Sorge: Egal, ob es Tante Irmgard ist, die gerade bei Ihnen anruft, um Ihnen den neuesten Klatsch aus dem Seniorenwohnheim zu servieren, oder ob ein durchtriebener „Geschäftsmann" mit einem ausgefuchsten Trick versucht, Ihnen etwas zu verkaufen oder Sie zu beklauen: Sie können unerwünschte Telefonate tatsächlich beenden, ohne unhöflich zu wirken.

» Falls Sie den Anruf unabsichtlich angenommen haben, stecken Sie das Telefon schnell in Ihre Hosentasche. Der Anrufer wird denken, er sei in Ihrer Hosentasche gelandet, und das stimmt ja auch irgendwie.

» Sprechen Sie jedes Wort des Anrufers prompt nach. Sagen Sie nach etwa einer Minute: „Hören Sie auch so ein furchtbares Echo?" Und nehmen Sie das als Vorwand, um das Telefonat zu beenden.

» Entschuldigen Sie sich höflich und behaupten Sie, es käme gerade ein wichtiger Anruf auf der anderen Leitung rein. Dudeln Sie dann eine Warteschleifenmusik, bis der Anrufer auflegt.

» Erzeugen Sie immer, wenn der Anrufer spricht, ein möglichst hochfrequentes Kreischen. Falls er nachfragt, behaupten Sie, Sie hören nichts.

» Klopfen oder klingeln Sie an Ihrer eigenen Tür und imitieren Sie dann ein Gespräch, indem Sie jedes Mal, wenn der angebliche Besucher spricht, das Telefon weit von sich weghalten und Ihre Stimme verstellen. Simulieren Sie so einen Notfall.

» Kündigen Sie an, Sie müssten bald auflegen, weil das von Ihrer Mama festgelegte tägliche Telefonlimit bald erreicht ist.

» Fragen Sie nach jedem Satz sehr laut und sehr verwirrt nach, was der Anrufer gerade gesagt hat. Schieben Sie es auf den schlechten Empfang.

» Falls es sich um einen Telefonverkäufer handelt, drehen Sie den Spieß einfach um: „Ich freue mich, dass Sie angerufen haben! Ich habe da etwas ganz Besonderes für Sie!" Erzählen Sie ihm dann möglichst begeistert von der neuen, innovativen und total coolen Klobürste, die er nur heute und nur jetzt zum absoluten Sensationspreis von nur 89,99 Euro bestellen kann.

» Falls es sich um einen Betrüger handelt, spielen Sie mit und behaupten Sie, Sie hätten einen ganz neuen Weg gefunden, um Geld zu übermitteln, direkt von Telefon zu Telefon. Geben Sie ihm anschließend eine unfassbar lange Zahlenreihe durch, die er in das Tastenfeld eingeben muss. Falls er das bis zum Schluss mitmacht, sagen Sie ihm, dass die Transaktion nur abgeschlossen werden kann, wenn er Ihnen ein Selfie schickt.

» Werfen Sie Ihr Telefon nach dem Drangehen wie einen Ball, so weit Sie können. Rufen Sie Ihrem fliegenden Telefon nach: „Halt! Bleiben Sie stehen!" Später können Sie behaupten, jemand hätte Ihnen das Handy geklaut.

Partyspiel für alle, die nie wieder auf Partys gehen wollen

Haben Sie die ständigen Party-Einladungen satt? Andauernd findet irgendwo eine Fete statt, weil irgendjemand im zweiten Geburtstag seines Goldhamsters einen Grund zum Feiern sieht. Natürlich sind Sie viel zu freundlich, eine Einladung einfach auszuschlagen. Mit diesem Spiel können Sie sich auf der stinklangweiligen Party wenigstens ein bisschen amüsieren. Bonus: Wenn Sie alles durchziehen, werden Sie niemals wieder eingeladen – zumindest von keinem der Anwesenden.

So einfach geht's: Führen Sie schlichtweg die einzelnen Aufgaben durch. Sie haben so lange Zeit, bis die Party zu Ende ist oder Sie rausgeworfen werden. Zählen Sie dann Ihre Punkte zusammen und sehen Sie in der Auswertung nach, wie gut beziehungsweise schlecht Ihre Chancen stehen, erneut eingeladen zu werden.

1-PUNKT-AUFGABEN

Sie bekommen einen Punkt für jede erledigte Aufgabe.

» Stellen Sie sich den ganzen Abend über neben eine Ihnen fremde Person, ohne auch nur ein einziges Wort mit dieser Person zu wechseln. Folgen Sie ihr außerdem überallhin.

» Fragen Sie jemanden auf der Party, ob er mit Ihnen die Schuhe tauschen möchte. Es gibt einen Bonuspunkt, wenn derjenige dem anderen Geschlecht angehört. Es gibt weitere drei Bonuspunkte, wenn Sie tatsächlich die Schuhe tauschen.

» Spielen Sie „Verstecken", ohne es jemandem zu sagen. Laufen Sie zu einer Person, tippen Sie sie an und rufen Sie: „Gefunden! Du bist dran!" Verstecken Sie sich anschließend selbst. Sie bekommen einen Bonuspunkt, wenn Sie länger als eine Stunde nicht gefunden werden.

» Tragen Sie einen sehr auffälligen Hut. Wenn Sie jemand darauf anspricht, dürfen Sie bloß antworten: „Was für ein Hut?"

» Achten Sie den ganzen Abend über darauf, dass Sie immer stehen, während die meisten anderen Personen sitzen, und umgekehrt. Falls Sie jemand darauf anspricht, antworten Sie: „Ich habe es lieber so."

2-PUNKTE-AUFGABEN

Sie bekommen zwei Punkte für jede erledigte Aufgabe.

- Versammeln Sie eine Gruppe von mindestens drei Personen um sich, um einen Zaubertrick vorzuführen. Bitten Sie dann eine Person nach der anderen um deren Glas und trinken Sie es jeweils komplett aus. Sobald Sie das letzte Glas geleert haben, rufen Sie „Tadaaa!" und machen eine magische Geste.

- Fragen Sie jemanden auf der Party, ob er mit Ihnen das Oberteil tauschen möchte. Es gibt einen Bonuspunkt, wenn derjenige dem anderen Geschlecht angehört. Es gibt weitere drei Bonuspunkte, wenn Sie tatsächlich das Oberteil tauschen.

- Bringen Sie eine Zimmerpflanze mit zur Party und tragen Sie diese den ganzen Abend unter dem Arm. Falls Sie jemand darauf anspricht, antworten Sie, die Zimmerpflanze sei Ihr Lebensabschnittspartner.

- Bieten Sie einem anderen Gast fünf Euro an, wenn er sich von Ihnen die Augenbrauen abrasieren lässt. Sie bekommen einen Bonuspunkt für jeden Gast, dem Sie tatsächlich die Augenbrauen abrasieren.

- Es gibt zwei Punkte für jeden Gast, mit dem Sie dieses Gespräch führen: „Haben Sie das gehört?" – „Was?" – „Ach, egal." Sie bekommen jedes Mal einen Bonuspunkt, wenn Sie dieses Gespräch mit einem Gast führen, mit dem Sie es bereits geführt haben.

3-PUNKTE-AUFGABEN

Sie bekommen drei Punkte für jede erledigte Aufgabe.

» Fragen Sie eine Gruppe von mindestens fünf Personen, ob sie „das von diesem Zweiten Weltkrieg auch schon gehört" haben.

» Fragen Sie jemanden auf der Party, ob er mit Ihnen die Unterhose tauschen möchte. Es gibt einen Bonuspunkt, wenn derjenige dem anderen Geschlecht angehört. Es gibt weitere drei Bonuspunkte, wenn Sie tatsächlich die Unterhosen tauschen. Es gibt weitere fünf Bonuspunkte, wenn Sie danach die bereits getauschte Unterhose nochmal mit einem anderen Gast tauschen.

» Nehmen Sie eine Dusche oder ein Vollbad, ohne das Badezimmer abzusperren. Sie bekommen einen Bonuspunkt für jeden Gast, der währenddessen das Badezimmer betritt. Sie bekommen drei weitere Bonuspunkte für jeden Gast, den Sie fragen, ob er „kurz mal mit reinhüpfen" will.

» Bieten Sie an, Dessert für alle zu machen. Rühren Sie die ersten fünf Dinge, die Sie im Kühlschrank finden, zusammen und behaupten Sie, das sei ein traditionelles Gericht aus Ihrer Heimat. Sie bekommen einen Bonuspunkt für jeden Gast, der einen Bissen kostet.

» Drei Punkte für jeden Gegenstand, den Sie unbemerkt aus der Wohnung des Gastgebers mitnehmen. Jeweils ein weiterer Bonuspunkt für jeden Gegenstand, der mehr als 20 Kilo wiegt.

AUSWERTUNG

0 – 15 Punkte: So wird das nichts! Sie werden sich weiter auf langweiligen Partys blicken lassen müssen, wenn Sie sich nicht etwas mehr Mühe geben.

16 – 29 Punkte: Nicht schlecht! Es besteht eine Chance, dass Sie seltener zu Partys eingeladen werden.

30 Punkte und mehr: Ausgezeichnet! Ab sofort können Sie zu Hause bleiben und tun, was Ihnen gefällt – eine Party-Einladung wird es für Sie nicht mehr geben.

Der Kulturschock und wie Sie ihn vermeiden

Natürlich sollten Sie Ihre wohlverdiente Freizeit genau so verbringen, wie es Ihnen Freude bereitet. Hin und wieder lässt es sich aber nicht vermeiden, dass Sie in einem langweiligen Theaterstück festsitzen oder ein Museumsbesuch nicht das hergibt, was Sie sich erhofft hatten. Kein Grund für schlechte Laune! Vergessen Sie nicht: Ihr Glück haben Sie selbst in der Hand. Bevor Sie den missglückten Besuch also als verlorene Zeit abhaken, machen Sie das Beste daraus:

» Falls das Musical nicht das hält, was es versprochen hat, suchen Sie auf Ihrem Smartphone die Songtexte heraus. Es macht direkt viel mehr Spaß, wenn Sie die Texte lauthals mitsingen.

- Animieren Sie des Weiteren Ihre Sitznachbarn dazu, mitzusingen oder mit Ihnen einen passenden Tanz aufzuführen.

- Im Museum liegt eine missglückte Atmosphäre oft gar nicht an den Ausstellungsstücken selbst, sondern an deren Arrangement. Ordnen Sie die Stücke also nach Ihren Vorstellungen neu an, und Sie werden staunen.

- Ob Museum oder Theater: Vielleicht sind Sie gar nicht schlecht gelaunt, sondern nur hungrig. Lassen Sie sich schnellstens Ihr Lieblingsessen liefern und geben Sie der Sache noch eine Chance.

- Auch die richtige Gesellschaft ist maßgeblich: Vielleicht amüsieren Sie sich besser, wenn Sie Ihre besten Kumpels mitbringen. Bremsen Sie die gute Stimmung nicht, indem Sie Bedenken äußern, wenn die Gruppe vor dem Theater oder Museum noch ein paar dutzend Bierchen trinken möchte.

- Apropos Bier: Durst kann sich ebenfalls negativ auf Ihre Stimmung auswirken. Mit einem Bierhelm sind Sie selbst bei langen Theaterstücken und ausführlichen Führungen gut vorbereitet.

- Falls Sie mal ein Kunstwerk nicht verstehen, können Sie es vielleicht einfach in der Kürze der Zeit nicht richtig erfassen. Nehmen Sie es mit nach Hause und lassen Sie es längere Zeit auf sich wirken.

- Dasselbe gilt für eine Aufführung: Wenn Sie die ganze Show aufzeichnen, können Sie sich zu Hause die Zeit nehmen, sich tief in die Charaktere hineinzuversetzen. Falls Sie eine eingeschränkte Sicht haben sollten, bitten Sie jemanden in den vorderen Reihen, die Aufführung für Sie aufzunehmen.

» Ist die Stimmung im Theater im Keller, ergreifen Sie selbst die Initiative: Starten Sie eine La-Ola-Welle, um das Publikum aufzuheitern.

» Scheuen Sie sich nicht zu zeigen, was Sie können: Nehmen Sie Ihre Malausrüstung mit ins Museum und fertigen Sie direkt vor Ort ein Kunstwerk an, das eines Museums wirklich würdig ist.

Zwischen Kuschelfaktor und Nerv-Garantie:

Haustiere

Haustiere sind Benzin für den zwischenmenschlichen Flächenbrand. Die einen mögen sie, die anderen hassen sie, und so richtig lieben tut man sowieso nur die eigenen. Und eigentlich macht das Haustierhalten auch nur bedingt Spaß, sobald sich andere Personen einmischen. Dann gibt es zu offen gezeigtem Ekel und Beschwerden darüber, dass der Vierbeiner einem die Luft wegatmet, noch gratis Erziehungstipps obendrauf. Die sind meistens ungefähr so hilfreich, als würde man ein betrunkenes Kindergartenkind mit Dartpfeilen auf einen von einem anderen betrunkenen Kindergartenkind geschriebenen Erziehungsratgeber werfen lassen und dann einfach ausprobieren, was in der Zeile des Treffers empfohlen wird. Vorausgesetzt, es gibt einen Treffer.

WENN SIE VON FREMDEN HAUSTIEREN GENERVT SIND

» ... bewegen Sie sich stets laut schreiend durch die Gegend, das schreckt die meisten Tiere ab.

» ... berichten Sie den Katzenbesitzern, dass Sie es total super finden, dass ihre Mieze immer bei Ihnen vorbeischaut, weil Sie mit ihr all die lustigen Dinge ausprobieren können, auf die Ihre eigene Katze keinen Bock hat.

» ... bringen Sie dem Nachbarshund bei, auf ein Klopfsignal zu bellen, das ausschließlich Sie kennen – und üben Sie das vorzugsweise um 3 Uhr morgens, wenn die Besitzer schlafen.

» ... stellen Sie sich mit einem Grill vor das Grundstück mit den freilaufenden Hühnern und machen Sie Lockgeräusche.

» ... gehen Sie in die Offensive und überfallen Sie alle Tierbesitzer mit einem dreistündigen Monolog darüber, wie sehr Sie diese und jene Tierart lieben.

WENN ANDERE IHNEN WEGEN IHRES HAUSTIERS AUF DIE NERVEN GEHEN

... schaffen Sie sich einfach das perfekte Haustier an. Nicht näher benannte Studien haben ergeben, dass Personen, die einen Löwen oder eine andere Raubkatze als Haustier halten, rund 98 % weniger Konflikte mit ihren Mitmenschen haben. Besser noch: Mit der Zeit haben Sie rund 98 % weniger Nachbarn, wenn Sie Ihre Raubkatze nur zum Fressen herauslassen. Bonus: Sie können dem Löwen einen unpassend niedlichen Namen wie „Cupcake" verpassen.

Schlangestehen-Etikette für Champions

Entweder Sie hassen Schlangestehen oder Sie sind Brite. Ein unbekannter Philosoph hat einmal gesagt: „Die Hölle ist ein Ort, an dem man in einer endlos langen Schlange ansteht und nicht einmal weiß, worauf man wartet – und wenn man an der Reihe ist, muss man sich sofort wieder hinten anstellen." Aber die Hölle kann warten. Solange Sie noch hier oben herumlaufen, können Sie sich das Schlangestehen durch ein paar simple Lifehacks deutlich verkürzen. In der gewonnenen Freizeit können Sie sich locker an ein paar hundert weiteren Warteschlangen anstellen.

» Hilft sowieso immer: Pupsen.

» Stellen Sie sich unangenehm nah an Ihren Vordermann, atmen Sie hörbar durch die Nase ein und so kräftig durch den Mund wieder aus, dass sich Vordermanns Nackenhaare bewegen. Wiederholen Sie das, bis Sie an der Spitze der Schlange angekommen sind.

» Überzeugen Sie so viele Wartende wie möglich davon, dass sie doch alle hier nur anstehen, um „mal wieder richtig schön verprügelt zu werden".

- Ziehen Sie sich Ihre Kapuze tief ins Gesicht, setzen Sie eine Sonnenbrille auf und behalten Sie zumindest eine Ihrer Hände auffällig unauffällig in Ihrer Jackentasche. Treten Sie nervös von einem Fuß auf den anderen. (Funktioniert am besten in Banken.)

- Bringen Sie einen Freund mit und unterhalten Sie sich mit ihm unangenehm anschaulich über Ihre letzte Darmspiegelung.

- Laufen Sie im Kreis um die Warteschlange herum und schreien Sie dabei, so laut Sie können. Hilft vielleicht nix, aber dann haben Sie zumindest ein bisschen Sport gemacht.

- Gehen Sie einfach an der Warteschlange vorbei. Bei irritierten Blicken sagen Sie gelassen: „Keine Sorge, ich bin Arzt."

- Sprechen Sie mit Personen, die gar nicht anwesend sind.

- Denken Sie an Ihren letzten Cluburlaub zurück und imitieren Sie den nervigsten Animateur, so gut Sie können. Bringen Sie den anderen Wartenden einen Clubtanz bei.

- Bringen Sie Cupcake den Löwen mit.

Übrigens: Vieles davon funktioniert ebenso gut, wenn Sie in einem vollen Zug einen Sitzplatz ergattern möchten.

Verkehrs- verstimmungen

Verkehrsverstimmungen

Fast jede Art von Verkehr hat das grenzenlose Potenzial, Ihre Nerven blankzulegen. Ob Sie als Fußgänger, Radfahrer, Autofahrer oder Öffi-Nutzer unterwegs sind: Sie scheinen die einzige Person zu sein, die weiß, wie man sich in der Situation angemessen verhält. Alle anderen sind offenbar überhaupt nur an der Situation beteiligt, um Ihnen das Leben schwer zu machen. Mit Erfolg.

Unverhoffte Unterhaltungen und wie Sie sie vermeiden

Das einzig Gute an einer Fahrt mit den öffentlichen Verkehrsmitteln ist, dass Sie sich in der Anonymität dutzender Fahrgäste suhlen können. Manchmal verwandeln sich Bus, Bahn und Co. aber in fahrende Foltermittel – mehr, als sie es wegen der Anwesenheit zu vieler Menschen und der Abwesenheit von Deodorant im Sommer ohnehin schon sind. Nämlich dann, wenn einer der vermeintlich Anonymen plötzlich die Hand zum Gruß hebt und Ihnen bewusst wird, dass Sie den schon mal gesehen haben. Sie haben im Kindergarten einmal gemeinsam gespielt, letztens auf der Geburtstagsparty des Hamsters Ihrer ehemaligen Nachbarn „Hallo" zueinander gesagt oder sind irgendwie miteinander verwandt: Manchen Menschen ist keine Ausrede zu lächerlich, um Sie von der Seite anzuquatschen. Aber keine Sorge: Ab sofort sind Sie gerüstet, sich aus solchen Situationen zu winden wie ein professioneller Schwarzfahrer aus der Fahrkartenkontrolle.

- » Behaupten Sie, Sie seien gerade mit Ihren neuen, hochmodernen, unsichtbaren In-Ear-Kopfhörern in einem wichtigen Telefonmeeting.

- » Rufen Sie sehr laut „Schade, dass es hier viel zu laut für eine Unterhaltung ist" und drehen Sie ihm den Rücken zu.

- » Sehen Sie sich verwirrt um, stellen Sie fest „Ich bin ja im falschen Bus/Zug" und steigen Sie bei der nächsten Gelegenheit aus. Bei Langstrecken hilft die Notbremse.

- » Verwechseln Sie Ihr Gegenüber absichtlich und hörbar mit jemandem, der er nicht sein will. („Ach, wir kennen uns doch von der Swinger-Party bei den Müllers, ohne Maske hätte ich Sie fast nicht erkannt!")

- » Murmeln Sie nervös wiederholt „Sie sollten überhaupt nicht hier sein, irgendetwas ist schiefgelaufen" und spielen Sie besorgt an Ihrem Smartphone herum.

- » Binden Sie einen anderen Fahrgast in die Unterhaltung ein und klinken Sie sich dann unauffällig aus.

- » Sagen Sie „Während der Fahrt bitte nicht mit dem Fahrer sprechen" und steuern Sie ein imaginäres Fahrzeug.

- » Tun Sie so, als würden Sie einen extrem großen Bissen Essen kauen und deuten Sie mit erhobenem Zeigefinger an, dass die Unterhaltung erst beginnen kann, wenn Sie heruntergeschluckt haben. Setzen Sie das so lange fort, bis Ihr Gegenüber das Interesse verliert.

- Erkennen Sie Ihr Gegenüber einfach nicht wieder, egal, wie viel Mühe er sich gibt, Ihnen zu erklären, woher Sie sich angeblich kennen. („Ich habe eine Tante Rosi? Tut mir leid, da klingelt bei mir nichts.")

- Rufen Sie „Fahrkarten, bitte!" und beschäftigen Sie sich ab sofort mit der „Fahrkartenkontrolle".

„Ein Spaziergang" – von wegen!

Wenn Sie gänzlich verhindern wollen, mit mehr oder weniger bekannten Plaudertaschen in einer rollenden Metallkiste eingesperrt zu reisen, sind Sie vielleicht lieber zu Fuß unterwegs. Das ist gut für die Umwelt und ebenso gut für Ihre Gesundheit. Und wie die meisten Dinge, die gut für die Umwelt und gut für Ihre Gesundheit sind, ist es sterbenslangweilig. Doch das muss es nicht sein. Mit ein paar kleinen Tricks verwandeln Sie Ihren Spaziergang in ein Erlebnis, gegen das eine Achterbahnfahrt aussieht wie ... nun ja, wie ein Spaziergang. Nebenbei eliminieren Sie einige der nervigsten Nebenwirkungen eines Spaziergangs.

- Gehen Sie den gesamten Weg rückwärts. So trainieren Sie neue Muskeln, und entgegenkommende Personen müssen ausnahmsweise mal Ihnen ausweichen statt umgekehrt.

- Gehen Sie den ganzen Weg im Handstand. Sie sehen die Welt in einer neuen Perspektive, so zum Beispiel auch die Hundehaufen, in die Sie ab sofort nicht mehr hineintreten.

- » Tanzen Sie den gesamten Weg. Das verbrennt mehr Kalorien, und zudem wird sich niemand trauen, Sie anzusprechen.

- » Tauschen Sie die Schuhe mit einem Passanten. Auf diese Weise erfahren Sie die Wahrheit des philosophischen Ansatzes, ein Stück des Weges in den Schuhen eines anderen zu laufen. Und Sie müssen nicht mehr das nervige Quietschen ertragen, das sich Ihr rechter Schuh plötzlich angewöhnt hat.

- » Laufen Sie nur bei Rot über Fußgängerampeln. Das erhöht den Nervenkitzel und Sie verhindern, dass die Ampel auf Rot umspringt, während Sie gerade nichtsahnend mitten auf der Straße verweilen und zum Opfer ungeduldiger Autofahrer werden.

- » Benutzen Sie den Radweg. Der ist etwas unwegsamer als der Gehweg, was den Sportfaktor erhöht. Außerdem werden Sie auf dem Radweg seltener von Radlern umgenietet, denn die fahren alle auf dem Gehweg, weil der nicht so unwegsam ist.

- » Zählen Sie im Kopf die Personen, die Ihnen begegnen. Das stärkt das Gedächtnis, und Sie können endlich die Behauptung untermauern, heute seien mal wieder tausende Idioten unterwegs. Fortgeschrittene können die Begegnungen in Gruppen unterteilen, indem sie andere Fußgänger, Rollerblader, Radfahrer, E-Scooter-Fahrer, Muttis mit Kinderwagen, schreiende Schulklassen, schleichende Senioren, beinahe tödliche Hundebegegnungen und sonstige zwischenmenschliche Freuden separat zählen.

» Bringen Sie die natürliche Ordnung durcheinander, indem Sie sich bewaffnen. So werden Sie vom vermeintlich schwächsten Verkehrsteilnehmer zu einer respektierten Größe im Straßenverkehr.

» Tragen Sie Tarnkleidung und bewegen Sie sich unbemerkt durch die Menge. Der Weg könnte zwar etwas länger dauern, wenn Sie sich nur bewegen, wenn keiner Sie sieht – aber Sie steigern Ihre Ninja-Fähigkeiten und gehen kein Risiko ein, von irgendjemandem angelabert zu werden.

» Nutzen Sie Poller, Briefkästen, parkende Autos und andere Menschen als Parcours-Hindernisse. Das sieht ziemlich cool aus, und es besteht eine reelle Chance, dass Sie jemandem „unabsichtlich" einen Tritt verpassen.

Nerv-Barometer: Verkehr

Wie nervig sind die folgenden Dinge?

Der Autofahrer, der beim Ausfahren aus dem Kreisverkehr nicht blinkt, obwohl er sieht, dass Sie warten

überaupt nicht nervig

☒ kreuze an

da könnte ich alles kurz und klein schlagen

Der Radfahrer, der ohne zu klingeln mit circa 200 km/h an Ihnen vorbeibrettert, wodurch Sie nur knapp einem Herzinfarkt entgehen

☐ ☐ ☐ ☐ ☐ ☐ ☐ ☐ ☐ ☐

überaupt nicht nervig | ☒ kreuze an | da könnte ich alles kurz und klein schlagen

Der Fußgänger, der zwischen zwei geparkten Autos hervorhüpft und Sie zu einem filmreifen Ausweichmanöver zwingt

☐ ☐ ☐ ☐ ☐ ☐ ☐ ☐ ☐ ☐

überaupt nicht nervig | ☒ kreuze an | da könnte ich alles kurz und klein schlagen

Die Ampel, die um 2 Uhr morgens an einer ausgestorbenen Kreuzung einfach nicht grün werden will

☐ ☐ ☐ ☐ ☐ ☐ ☐ ☐ ☐ ☐

überaupt nicht nervig | ☒ kreuze an | da könnte ich alles kurz und klein schlagen

Die Radarfalle, die geschätzte zehn Meter hinter der gut versteckten Geschwindigkeitstafel steht

☐ ☐ ☐ ☐ ☐ ☐ ☐ ☐ ☐ ☐

überaupt nicht nervig | ☒ kreuze an | da könnte ich alles kurz und klein schlagen

Die Bahn, die Sie verpassen, weil sie auf Gleis 2, nein, doch Gleis 5, nein, doch Gleis 1 abgefahren ist, während Sie noch zu Gleis 2 gelaufen sind

überaupt nicht nervig

☒ kreuze an

da könnte ich alles kurz und klein schlagen

Der Passagier, der sich in der Bahn von 347 freien Plätzen ausgerechnet den Platz neben Ihnen aussucht

überaupt nicht nervig

☒ kreuze an

da könnte ich alles kurz und klein schlagen

Der Fahrkartenkontrolleur, der sich immer nur dann blicken lässt, wenn Sie Ihr Portemonnaie vergessen haben

überaupt nicht nervig

☒ kreuze an

da könnte ich alles kurz und klein schlagen

Der Stau, der auf der Ausweichroute entsteht, die Sie genommen haben, weil auf Ihrer eigentlichen Route Stau herrscht

überaupt nicht nervig ☒ kreuze an da könnte ich alles kurz und klein schlagen

Der Autofahrer, der ohne ersichtlichen Grund eine Vollbremsung hinlegt, um dann erst zu blinken, wenn er schon halb abgebogen ist

überaupt nicht nervig ☒ kreuze an da könnte ich alles kurz und klein schlagen

Der Busfahrer, der Sie auf jeden Fall kommen gesehen hat, im letzten Moment aber doch noch ohne Sie losgefahren ist

überaupt nicht nervig ☒ kreuze an da könnte ich alles kurz und klein schlagen

Die Passagiere, die wie ein hirnloser Fischschwarm in das Verkehrsmittel drängen, ohne Sie vorher aussteigen zu lassen

überaupt nicht nervig | ☒ kreuze an | da könnte ich alles kurz und klein schlagen

Die zivile Polizeistreife, die den eigentlichen Raser knapp verpasst hat, Ihr defektes Rücklicht aber sehr wohl bemerkt

überaupt nicht nervig | ☒ kreuze an | da könnte ich alles kurz und klein schlagen

Baustellen

überaupt nicht nervig | ☒ kreuze an | da könnte ich alles kurz und klein schlagen

Der Taxifahrer, der offensichtlich nur zu Besuch in der Stadt ist

überaupt nicht nervig | ☒ kreuze an | da könnte ich alles kurz und klein schlagen

Die Autofahrer, die bei Stau noch in die Kreuzung einfahren und dadurch alles blockieren

überaupt
nicht nervig

☒ kreuze an

da könnte ich alles
kurz und klein schlagen

Die Scheibenwischerflüssigkeit, die offenbar ins Nichts verdunstet ist, denn gebraucht hätten Sie sie nur in genau diesem Moment

überaupt
nicht nervig

☒ kreuze an

da könnte ich alles
kurz und klein schlagen

Der Passagier, der die Öffi-Fahrt für den Genuss seines Mettbrötchens nutzt

überaupt
nicht nervig

☒ kreuze an

da könnte ich alles
kurz und klein schlagen

Das Fahrrad oder Auto, das bestimmt ganz unabsichtlich durch die riesige Pfütze brettert, neben der Sie gerade stehen

überaupt
nicht nervig

☒ kreuze an

da könnte ich alles
kurz und klein schlagen

Die vielen Autofahrer, die offenbar ausschließlich Hosen mit Knöpfen besitzen, weil Sie noch nie einen Reißverschluss gesehen haben

überaupt nicht nervig | ☒ kreuze an | da könnte ich alles kurz und klein schlagen

Verlorene Zeit sinnvoll verwenden - im Stau

Verkehrsstaus sind das Ergebnis eines Problems, das eigentlich jedes Ärgernis verursacht: andere Menschen. Denn dafür, dass eigentlich jeder Stau hasst, kommen irgendwie trotzdem immer wieder genügend Teilnehmer dafür zusammen. Aber Sie wissen ja: Jedes Problem ist letztendlich eine Chance, die Sie noch nicht erkannt haben.

» Kaufen Sie günstige Eis-am-Stiel-Familienpackungen und eine Kühlbox. Im nächsten Stau können Sie von Auto zu Auto laufen und das Eis gewinnbringend verkaufen.

» Bringen Sie ein Megafon zum Stau mit und dirigieren Sie ein melodisches Hupkonzert, indem Sie den anderen Fahrern sagen, wann sie hupen sollen. („Und jetzt der rote Toyota drei Mal kurz!")

» Nutzen Sie die Zeit für Fitness, indem Sie Ihren Sitz in Liegeposition bringen und ein paar Sit-ups machen. Ein Sit-up ist erst erledigt, wenn Sie mit der Stirn die Hupe berühren.

- Verbringen Sie die Zeit sinnvoll, indem Sie etwas Neues lernen – beispielsweise Mandarin. Nach wenigen Staus können Sie die anderen Verkehrsteilnehmer in fünf verschiedenen Sprachen beschimpfen.

- Verpassen Sie den anderen Fahrern schillernde Hintergrundgeschichten. Überprüfen Sie Ihre Fähigkeiten, indem Sie den Wahrheitsgehalt Ihrer Geschichten bei den Betroffenen hinterfragen. („Sie sind ein russischer Mafioso, und Ihre Begleitung ist eine Prostituierte, stimmt's?")

- Fertigen Sie ein Stillleben des Staus an. Die komplexe Tiefe und die Farbgebung einer Verkehrskolonne heben Ihre malerischen Fähigkeiten in kürzester Zeit auf ein ganz neues Level.

- Finden Sie die Liebe Ihres Lebens, indem Sie den Stau in eine Speeddating-Location umfunktionieren. Setzen Sie sich alle fünf Minuten in ein anderes Auto und unterhalten Sie sich mit den Insassen.

- Eröffnen Sie ein Wettbüro und fordern Sie die anderen Verkehrsteilnehmer auf, auf die Dauer des Staus zu wetten. Bonus: Sobald sich der Stau auflöst, können Sie mit den Wetteinsätzen das Weite suchen.

- Starten Sie ein Stille-Post-Spiel, indem Sie dem Fahrer im Fahrzeug neben Ihnen etwas ins Ohr flüstern und ihn dazu auffordern, es weiterzuflüstern.

- Nutzen Sie das bunt gemischte Publikum für eine repräsentative Umfrage zu einem Thema Ihrer Wahl.

Fahrer vs. Beifahrer

So sehr andere Verkehrsteilnehmer beim Autofahren auch nerven, sie befinden sich wenigstens außerhalb des eigenen Fahrzeugs. Doch dann gibt es noch die Beifahrer... Selbst, wenn die Chemie zwischen Fahrer und Beifahrer für gewöhnlich stimmt, kann es besonders auf langen Autofahrten zu der einen oder anderen Unstimmigkeit kommen. Doch Sie können nichtsdestotrotz für Harmonie sorgen.

WENN SIE BEIFAHRER SIND

» ... sorgen Sie dafür, dass der Fahrer stets zufrieden ist. Halten Sie jederzeit Süßigkeiten bereit, mit dem Sie ihn im Fall des Falles bewerfen können.

» ... sorgen Sie für klare Sicht. Bringen Sie Putzutensilien mit und halten Sie die Windschutzscheibe während der Fahrt von innen und außen sauber.

» ... sorgen Sie für eine reibungslose Fahrt, indem Sie die Routenplanung übernehmen. Erwarten Sie kein blindes Vertrauen, sondern bringen Sie eine große Faltkarte mit, auf der Sie dem Fahrer immer wieder zeigen können, wo Sie sich gerade befinden und welchen Weg Sie nehmen sollten.

» ... sorgen Sie für gute Laune, indem Sie ein perfekt durchdachtes Programm aus Karaoke, Kennzeichen-Bingo und Blinde Kuh vorbereiten.

» ... sorgen Sie für Entspannung, indem Sie hinter dem Fahrer Platz nehmen und ihm eine wohltuende Massage verpassen. Für besondere Relax-Momente sorgen Gurkenscheiben auf den Augen sowie eine gekonnte Fußreflexzonenmassage.

WENN SIE EINEN BEIFAHRER HABEN

» ... beziehen Sie ihn ins Geschehen mit ein, indem Sie hin und wieder das Lenkrad loslassen und ihn bitten, zu übernehmen.

» ... jagen Sie ihm einen spaßigen Schrecken ein, indem Sie so tun, als hätten Sie die Kontrolle über das Fahrzeug verloren.

» ... verhindern Sie ungebetene Ratschläge, indem Sie Ihrem Beifahrer eine sinnvolle Beschäftigung geben – beispielsweise das Häkeln neuer Sicherheitsgurte.

» ... schenken Sie ihm Ihre ungeteilte Aufmerksamkeit, indem Sie einen Anhalter mitnehmen und diesen bitten, das Steuer zu übernehmen, damit Sie sich ungestört unterhalten können.

» ... lassen Sie ihn in Ruhe ausschlafen, indem Sie das Auto in einer sicheren Gegend abstellen, sehr leise aussteigen und abschließen.

Grüße für Parkende

Manche Autofahrer parken so sensationell schlecht, dass man ihnen fast schon dafür gratulieren möchte. Leider schleichen sich diese Talente meist erst im Schutz der Dunkelheit ungesehen zu ihrem „geparkten" Fahrzeug, um nicht entdeckt zu werden. Mit diesen Kärtchen können Sie den Park-Talenten dennoch einen Gruß hinterlassen. Einfach ausschneiden und unter die Windschutzscheibe klemmen! Tipp: Kopieren Sie diese Seite vorher mehrfach – Sie können nie genug dieser Kärtchen vorrätig haben.

GLÜCKWUNSCH! Sie haben so beschissen eingeparkt, dass der VBP (Verein beschissener Parker) Sie zum Ehrenmitglied ernennt. Kleben Sie diese Karte an die Innenseite Ihrer Heckscheibe, damit andere Mitglieder Sie jederzeit erkennen.	Lieber Einpark-Künstler, Ihre einzigartige Interpretation von „Einparken" zeigt eine vielschichtige Kreativität, die eines Museums würdig wäre. Die grenzenlose Interpretation vorgegebener Linien wirkt in ihrer Abstraktheit surreal. Sprachlos, Ihre Zuschauer
To-do-Liste: So beschissen parken wie möglich✓ Geil, Feierabend!	Schon okay. Einparken ist eben einfach nicht Ihr Ding.

GUTE BESSERUNG! Niemand würde jemals so beschissen einparken, wenn er nicht gerade explosiven Durchfall hätte. Hoffentlich geht es Ihnen bald besser.	Ihren Einparkkünsten nach zu urteilen haben Sie Schwierigkeiten damit, innerhalb der Linien zu bleiben. Hier ist etwas zum Ausmalen, damit Sie ein wenig üben können.
Ich weiß, Einparken kann gruselig sein. Versuchen Sie beim nächsten Mal trotzdem, die Augen dabei geöffnet zu lassen.	Wow, was man heutzutage alles als „eingeparkt" bezeichnen kann. Faszinierend!
Ich nehme an, Sie mussten einparken, während Ihre Augen verbunden waren und ein tollwütiges Frettchen in Ihrer Hose gewütet hat. Dafür ist es gar nicht mal so schlecht.	Es ist nie zu spät, etwas Neues zu versuchen. Wie wäre es mit Einparken lernen oder Bus fahren?

Führerschein und Ihre letzte Würde, bitte: Polizeikontrolle

Wie lange ist es her, dass Sie in eine Polizeikontrolle geraten sind? Sofern Sie nicht die Angewohnheit haben, Verkehrsschilder und Tempolimits eher als Vorschläge zu betrachten, ist eine Polizeikontrolle vermutlich etwas Besonderes für Sie. Was dazu führt, dass bereits die erste Wahrnehmung von Blaulicht Schweißausbrüche bei Ihnen auslöst und Sie sich während der Kontrolle so verdächtig verhalten, als hätten Sie 25 mit Schnellfeuerwaffen ausgerüstete, illegal importierte und vom Aussterben bedrohte Orang-Utans im Kofferraum, die jeden Abend für Sie Koks verkaufen. Damit Sie zukünftig cool bleiben, ist es nötig, dass Sie sich darauf besinnen, dass Sie nichts falsch gemacht haben, wovon dieser Verkehrspolizist eventuell Wind bekommen haben könnte. Mindestens genauso notwendig ist es, dass Sie den folgenden Handlungsempfehlungen Folge leisten.

» Sobald Sie Ihren Wagen angehalten haben, werfen Sie Ihr Telefon schwungvoll nach hinten in den Kofferraum. So kann es zumindest keine Diskussion darüber geben, ob Sie Ihr Handy am Steuer benutzt haben.

- » Anstatt sich zu sorgen oder gar abwehrend auf eventuelle Vorwürfe zu reagieren, treten Sie von Anfang an selbstbewusst auf. Begrüßen Sie den Polizisten mit der Frage „Wer hat zwei Daumen und nichts falsch gemacht?" und deuten Sie anschließend mit einem triumphierenden Lächeln mit Ihren beiden Daumen auf sich selbst.

- » Wenn der Polizist „Papiere" sagt, rufen Sie blitzschnell „Schere", dann haben Sie gewonnen.

- » Damit keine Zweifel an Ihrer Fahrtüchtigkeit aufkommen, zeigen Sie, dass Sie aufmerksam zuhören, indem Sie alles, was der Polizist zu Ihnen sagt, sofort wiederholen.

- » Falls Sie etwas getrunken haben, bieten Sie den Polizisten ein Gläschen Schampus an, um „auf neue Bekannte" anzustoßen. Dann können sie Ihnen keinen Vorwurf mehr machen.

- » Respektieren Sie die harte Arbeit der Polizei, indem Sie anbieten, den Beamten unter die Arme zu greifen. Legen Sie eine verschwörerische Miene auf und fragen Sie: „Wen soll ich beschatten, Officer?"

- » Halten Sie Ihren Führerschein und die Fahrzeugpapiere bereit. Überreichen Sie diese dem Polizisten gemeinsam mit einem Spiegel, auf den Sie geschrieben haben: „Spieglein, Spieglein in der Hand, wer ist der schönste Polizist im Land?" Lächeln Sie dabei wissend.

» Fragen Sie die Polizisten, ob sie Lust haben, an einem Quiz teilzunehmen, bei dem sie 20 Euro gewinnen können. Das lockert die Atmosphäre ein wenig auf, und jeder gewinnt gerne Geld.

» Zeigen Sie Einfühlungsvermögen für das harte Leben eines Polizeibeamten und bieten Sie ihm an, auf Ihrer Rückbank Platz zu nehmen und über seine Probleme zu reden.

» Bitten Sie die Beamten am Ende der Kontrolle darum, an einer kurzen Zufriedenheitsumfrage teilzunehmen und Ihnen ein Empfehlungsschreiben auszustellen, welches Sie bei der nächsten Polizeikontrolle gemeinsam mit Ihren Papieren und dem Spiegel vorzeigen können.

Die nervenschonendsten Auto-Alternativen

Wenn wir ehrlich sind, ist das Auto einzig in der Theorie ein angenehmes Fortbewegungsmittel. Sie sitzen bequem, verschont von fremden Nervensägen, in Ihren eigenen vier Blechwänden, drehen das Autoradio laut auf und fahren bequem von A nach B? Das gibt es leider nur im Film. In Wahrheit müssen Sie sich im Dschungel der Verkehrsvorschriften zurechtfinden und mit all jenen auskommen, die sich gar nicht oder aber zu sehr daran halten. Polizisten lauern an jeder Ecke, um Ihnen für Ihr fehlendes Pannendreieck eine Strafe von fünf Jahren Arbeitslager aufzubrummen, und am Ende müssen Sie noch einen Parkplatz finden, obwohl die Suche nach dem Bernsteinzimmer aussichtsreicher wäre. Sparen Sie sich den Stress und steigen Sie auf alternative, nervenschonendere Fortbewegungsarten um:

- den Bollerwagen, wenn Sie jemanden haben sollten, der ihn zieht – oder alle paar Meter einen anderen Passanten dazu überreden können.
- das ausgemusterte Bobbycar Ihres Neffen, falls Sie gelenkig sind.
- das Rhönrad, wenn Sie schwindelfrei sind und während der gesamten Fahrt laut „Huiii!" rufen.
- den Esel, dem Sie als Motivation eine Karotte vor die Nase halten – für den Fall, dass Sie sich seinen Unterhalt leisten können.
- den Tiger, dem Sie als Motivation ein Steak vor die Nase halten – falls Sie sich das Steak leisten können.
- den ausgemusterten Panzer der Bundeswehr. Er kommt zwar schwierig durch den TÜV, beendet aber die leidige Parkplatzsuche.
- den Einkaufswagen, solange Sie einen Besenstiel zum Lenken und Bremsen mitnehmen.
- vier mit Panzertape aneinandergeklebte Skateboards. Erneut gilt: Besenstiel nicht vergessen!
- die sehr, sehr langen Stelzen, mit denen Sie Fünf-Meter-Schritte machen können, sofern Sie keine Höhenangst haben.
- Oder bleiben Sie einfach zu Hause. Draußen ist ohnehin alles nervig.

Für und gegen Fahrradfahrer

Vielleicht hat Ihnen in der Aufzählung der Auto-Alternativen das Fahrrad gefehlt, weil Sie selbst gerne auf zwei unmotorisierten Rädern unterwegs sind. Oder Sie haben erleichtert festgestellt, dass das Fahrrad nicht dabei ist, weil Sie finden, dass alle Fahrräder dieses Planeten umgehend samt ihrer Besitzer eingeschmolzen werden sollten. Geht es um Radfahrer, gibt es eigentlich lediglich drei Möglichkeiten: Sie hassen alle davon, Sie sind selbst einer, oder beides.

WENN SIE RADFAHRER HASSEN

» ... haben Sie beim Spaziergang im Park stets einen großen Ast dabei, der perfekt zwischen die Speichen passt.

» ... sind Sie in Ihrem Leben schon einige Male panisch zur Seite gesprungen, weil die Klingel viel näher klang, als sie war – und zudem noch völlig unnötig, weil sogar ein Airbus A380 bequem an Ihnen hätte vorbeifahren können.

» ... wurden Sie schon mindestens genauso oft fast über den Haufen gefahren, weil manche Radfahrer viel zu cool fürs Klingeln sind.

» ... kommen Sie das nächste Mal, sobald sich ein Radfahrer an einer roten Ampel an Ihrem Auto festhält, unabsichtlich an die Hupe dran. Oder ans Gaspedal.

» ... wissen Sie, wie man Fahrradsättel abmontiert und wo man sie unauffällig entsorgen kann.

WENN SIE RADFAHRER SIND

» ... können Sie diverse Insektenarten allein am Geschmack erkennen.

» ... können Sie diverse Automarken allein am Geschmack erkennen.

» ... montieren Sie statt der Fahrradklingel lieber ein authentisches Folgetonhorn, in der Hoffnung, dass der im Zickzack latschende Smombie dann aufwacht.

» ... wissen Sie es zu schätzen, dass die meisten Radwege so gestaltet sind, dass jede Fahrt zum abenteuerlichen Nervenkitzel mutiert.

» ... nehmen Sie Ihren Sattel mit, sobald Sie Ihr abgestelltes Fahrrad allein lassen .

WENN SIE RADFAHRER SIND UND RADFAHRER HASSEN

- » ... ist Ihnen schon einige Male eine Gruppe oder Familie lustig radelnder Personen begegnet, die fand, Sie als Einzelperson können ja viel einfacher ausweichen, zum Beispiel über den Straßengraben.

- » ... sind Sie nicht erst einmal (beinahe) mit dem Fahrer vor Ihnen kollidiert, der gerne spontane und diskrete Abbiegemanöver durchführt.

- » ... wissen Sie, dass es ausschließlich entweder Spazierfahrten oder Weltrekordversuche gibt, und absolut nichts dazwischen.

- » ... freuen Sie sich für den Fahrer vor Ihnen, dass er der plötzlich aufgehenden Autotür gerade noch so ausweichen konnte, während Sie direkt hineindonnern.

- » ... stellen Sie an Ihrer Lieblingsroute haarsträubende Warnschilder auf, um sie immer für sich allein zu haben.

Urlaubsunmut

Urlaubsunmut

„Urlaub" ist ein irreführendes Wort. Sie haben zwar eine Pause von Ihren Arbeitskollegen, kommen eine Weile von den Nachbarn weg und können womöglich sogar Ihrer Familie aus dem Weg gehen. Dafür müssen Sie sich aber mit planlosen Touristen und unter- oder übermotivierten Reiseleitern herumschlagen und sich mit Händen und Füßen mit Menschen verständigen, die Ihre Sprache nicht sprechen.

Klappen Sie Ihre Tische hoch und wickeln Sie Ihren Geduldsfaden auf: Im Flieger

Nicht, dass der Stress erst im Flieger beginnen würde. Lässt man den langen Weg zur Urlaubsbuchung, tagelange Packorgien, verspätete Taxis, Stau auf dem Weg zum Flughafen und die ewige Sorge darum, welcher kleine Fehler Ihnen wohl den Urlaub verhageln oder in der Zwischenzeit Ihre Wohnung abfackeln wird, außen vor, ist die Flugreise aber wohl der erste große Stressor auf dem Weg in den Urlaub. Aber keine Sorge: Selbst für die größten Nervfaktoren rund ums Fliegen gibt es unkomplizierte Lösungstipps.

» Einer der größten Stressfaktoren ist die Zeit. Einerseits wollen Sie pünktlich da sein, andererseits fühlen sich lange Wartezeiten so gar nicht nach Urlaub an. Wussten Sie, dass verspätete Fluggäste bevorzugt behandelt werden? Sobald ihr Name aufgerufen wird, sich dringend zu Gate soundso zu begeben, kommen sie an allen Warteschlangen vorbei. Es spielt dabei keine Rolle, ob das der eigene

Name ist: Sobald so eine Durchsage kommt, rufen Sie laut „Das bin ich!" und schlendern entspannt an den Anfang der Warteschlange.

» Auch die Sicherheitskontrolle kann Zeit und Nerven kosten. Es kann schwierig sein, den Überblick zu behalten, was nun ins Handgepäck darf und was nicht. Machen Sie sich keine Gedanken: Bitten Sie Ihre Begleitung – oder, falls Sie allein reisen, einen anderen Fluggast –, Ihr Handgepäck kurz zu halten, während Sie durch die Kontrolle gehen. Anschließend kann er Ihnen die Tasche einfach über die Sicherheitsschleuse hinweg zuwerfen.

» Wo viele Menschen sind, gibt es auch Taschendiebe. Ärgerlich, wenn einem kurz vor Abflug das Portemonnaie oder der Reisepass geklaut wird. Um das zu vermeiden, nehmen Sie extrem viele Taschen mit, in denen sich lediglich Zeitungspapier befindet. Das verwirrt die Diebe – und selbst, falls doch einer zulangt, erbeutet er nichts anderes als etwas zerknüllten Lesestoff.

» Die Verpflegung am Flughafen ist kostspielig. Nehmen Sie von zu Hause einen gepackten Picknickkorb mit. Das ist günstiger, und Sie können die Wartezeit sinnvoll überbrücken. Profi-Tipp: Um den leeren Korb nicht mit in den Urlaub schleppen zu müssen, geben Sie ihn nach dem Picknick bei der Fundstelle ab, wo Sie ihn nach Ihrer Rückkehr wieder abholen können.

» Die Wege zwischen Sicherheitskontrolle und Gate können weit sein und viel Zeit kosten. Damit Sie nicht voll beladen durch den gesamten Flughafen hetzen müssen, setzen Sie sich bequem auf Ihren Rollkoffer und halten sich an dem Riesenkoffer der reisenden Mehrfachmutti fest. Das Zusatzgewicht wird sie nicht bemerken, weil sie zu sehr damit beschäftigt ist, alle fünf Meter ihre Kinder durchzuzählen, während Sie sich bequem ziehen lassen.

» Das Gedränge beim Boarding und im Flieger können Sie sich sparen. Erinnern Sie sich an Tipp 1: Irgendwann wird Ihr Name aufgerufen – und zwar erst, wenn alle anderen Fluggäste ihre Plätze bereits eingenommen haben.

» Um bösen Blicken vorzubeugen, weil Sie das Flugzeug als Letzter betreten, bitten Sie die Crew, eine kurze Durchsage machen zu dürfen. Lockern Sie dann die Stimmung auf, indem Sie einen lustigen Witz erzählen.

» Der Geräuschpegel im Flieger ist unerträglich, und Sie haben mal wieder Ihre Kopfhörer vergessen. „Mitmachen statt darüber ärgern" lautet die Devise. Stimmen Sie ein fröhliches Wanderlied an und animieren Sie die anderen Fluggäste dazu mitzusingen.

» Das lange Sitzen ist nicht nur unangenehm, sondern auch ungesund. Nutzen Sie den Flug, um im Mittelgang Ihre Yogapraxis zu verbessern. Falls Yoga nicht Ihr Ding ist, fragen Sie ein mitreisendes Kind, ob es mit Ihnen Fangen oder Verstecken spielen möchte.

» Oder sparen Sie sich den Trubel vollständig und schicken Sie sich selbst in einem Paket in Ihr Hotel. Das ist günstiger, und Sie haben während der gesamten Reise Ihre eigene Privatkabine.

Städtetrip nach Horror-Town

Es bleibt jedem selbst überlassen, ob er einen Städtetrip als „Urlaub" bezeichnen möchte. Zwar müssen Sie ein paar Ihrer wertvollen Urlaubstage opfern, um eine fremde Stadt zu besuchen, die bei näherem Hinsehen gar nicht so anders aussieht als jede andere Stadt dieser Welt. Das ist aber auch schon alles, was so eine Stadtbesichtigung mit richtigem Urlaub gemeinsam hat. Statt sich zu entspannen, quetschen Sie ein 26-stündiges Hardcore-Programm in jeden Tag Ihres Aufenthalts, laufen von einer Sehenswürdigkeit zur nächsten, um davon ein Foto zu knipsen, das Sie sich nie wieder ansehen, und freuen sich, wenn Sie zwischendurch Zeit für einen fragwürdigen Hot Dog von der Straßenecke oder ein 20-minütiges Nickerchen im Touristenbus haben. Aber so muss das nicht laufen:

» Wählen Sie für Ihre Reise den richtigen Zeitpunkt. An den Wochenenden und in den Ferien sind die meisten Städte überfüllt. Beachten Sie des Weiteren das Klima: Fahren Sie an einem Mittwoch im Hochsommer nach Rom oder am 24. Dezember nach Oslo, und Sie werden kaum andere Touristen sehen.

» Auch bei der Besichtigung der Stadt selbst spielt der Zeitpunkt eine ausschlaggebende Rolle. Schlafen Sie tagsüber und streifen Sie nachts durch die Stadt. Dann gibt es keine langen Schlangen vor den Sehenswürdigkeiten und Sie können Fotos machen, auf denen sich keine Menschenmassen befinden.

» Reisen Sie mit Zelt. Sparen Sie sich das teure Hotel im Zentrum oder weite Anfahrtswege von Ihrem günstigen Hostel am Stadtrand. Schlafen Sie direkt da, wo Sie am nächsten Tag aufwachen wollen, um der Erste in der Schlange zu sein.

» Nehmen Sie sich Zeit. Eine ganze Stadt in drei oder vier Tagen zu besichtigen, ist unrealistisch und unnötig stressig. Wenn Sie ein paar Monate vor Ort bleiben, können Sie tief in die einheimische Kultur eintauchen. Langzeitmieten sind zudem günstiger als kurze Hotelaufenthalte.

» Verzichten Sie auf Standards. Der Eiffelturm oder das Kolosseum haben Ihnen nichts zu bieten, was Sie nicht schon von Fotos kennen. Im Gegenteil: Die Realität ist oft enttäuschend. Bewahren Sie sich die schöne Illusion und besuchen Sie stattdessen die wahre Stadt. Mit dieser Checkliste lernen Sie das wahre Wesen jeder Metropole kennen:

» das örtliche Bundesamt für Verkehr

» alle Filialen Ihrer Lieblings-Fast-Food-Kette

» der größte Wohnblock im Armenviertel

» eine Fahrradreparaturwerkstatt

» das örtliche Krankenhaus

» alle Haltestellen einer beliebigen Buslinie

» eine Tankstelle

- ein öffentliches Parkhaus bei Nacht
- ein Postamt
- fünf Baustellen

Nerv-Barometer: Urlaub

Wie nervig sind die folgenden Dinge?

Dieses nagende Gefühl im Hinterkopf, dass Sie etwas vergessen haben

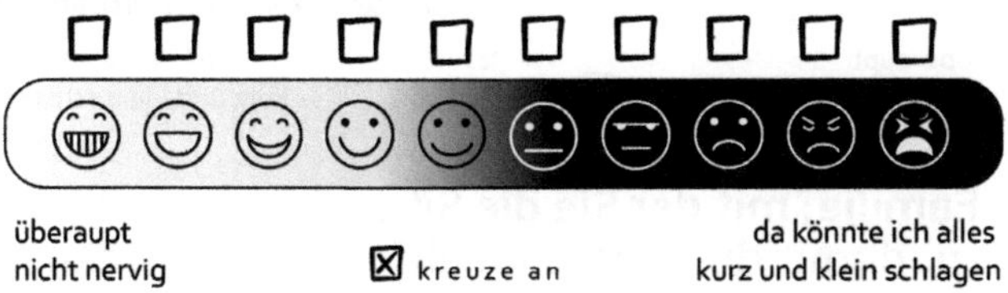

Der Online-Check-in, der erst seit einer Minute geöffnet ist, und trotzdem sind nur mehr einzelne Mittelsitze im Flieger frei

Die versteckten Gebühren, die aus einem günstigen Trip eine Luxusreise machen

überaupt
nicht nervig

☒ kreuze an

da könnte ich alles
kurz und klein schlagen

Der Flug, der entweder dank sieben Zwischenstopps 32 Stunden dauert oder Sie binnen zwei Stunden ans Ziel bringt, dann aber mehr kostet als Ihr Auto

überaupt
nicht nervig

☒ kreuze an

da könnte ich alles
kurz und klein schlagen

Die Familie, mit der Sie die Sitzplätze tauschen sollen, damit die Kinder bei ihren Eltern sitzen können

überaupt
nicht nervig

☒ kreuze an

da könnte ich alles
kurz und klein schlagen

Seltsame Öffnungszeiten im Zielland, durch die Sie zwar um drei Uhr morgens, aber nicht um zwei Uhr nachmittags etwas zu essen kaufen können

überaupt
nicht nervig

☒ kreuze an

da könnte ich alles
kurz und klein schlagen

Roaminggebühren

überaupt nicht nervig

☒ kreuze an

da könnte ich alles kurz und klein schlagen

Der Mietwagen, der eigentlich Platz für fünf Fahrgäste plus Gepäck haben sollte, aber leider ist es doch ein Smart geworden

überaupt nicht nervig

☒ kreuze an

da könnte ich alles kurz und klein schlagen

Das Hotel, das Sie um 10 Uhr rauswirft, außer Sie bezahlen für drei weitere Nächte, damit Sie noch bis zum Nachmittag bleiben können

überaupt nicht nervig

☒ kreuze an

da könnte ich alles kurz und klein schlagen

Der Fluggast vor Ihnen, der so bequem liegt, dass Sie Ihr Buch auf seiner Stirn ablegen könnten

überaupt nicht nervig

☒ kreuze an

da könnte ich alles kurz und klein schlagen

Die Arbeit, von der Sie wissen, dass sie nach Ihrer Rückkehr auf Sie wartet

überaupt
nicht nervig

☒ kreuze an

da könnte ich alles
kurz und klein schlagen

Der Koffer, der beim Hinflug noch hübsch viel Platz hatte, jedoch beim Rückflug aus allen Nähten platzt, dabei haben Sie lediglich einen Kühlschrankmagneten gekauft

überaupt
nicht nervig

☒ kreuze an

da könnte ich alles
kurz und klein schlagen

Öffentliche Toiletten und alles, was damit zu tun hat

überaupt
nicht nervig

☒ kreuze an

da könnte ich alles
kurz und klein schlagen

Der Reiseführer, der zwar in diesem Jahr erschienen ist, aber offenbar vor einigen Jahren geschrieben wurde, weil die Hälfte der Informationen nicht mehr stimmt

überaupt
nicht nervig

☒ kreuze an

da könnte ich alles
kurz und klein schlagen

Die Klimaanlage im Zug oder Flugzeug, die entweder defekt oder auf „Arktis" eingestellt ist

überaupt
nicht nervig

☒ kreuze an

da könnte ich alles
kurz und klein schlagen

Kinder im Flugzeug

überaupt
nicht nervig

☒ kreuze an

da könnte ich alles
kurz und klein schlagen

Das Pärchen, das im Hotelzimmer nebenan Flitterwochen macht, und zwar rund um die Uhr

überaupt
nicht nervig

☒ kreuze an

da könnte ich alles
kurz und klein schlagen

Die eine Steckdose im Hotelzimmer, die Sie suchen mussten, weil sie auf Kniehöhe hinter dem Kleiderschrank versteckt ist – weit weg von allem, auf dem man etwas ablegen könnte, das man anschließen wollte

überaupt
nicht nervig

☒ kreuze an

da könnte ich alles
kurz und klein schlagen

Das Wetter, das ausschließlich am ersten und/oder letzten Tag wirklich gut ist

überaupt nicht nervig

☒ kreuze an

da könnte ich alles kurz und klein schlagen

Sonnenbrand

überaupt nicht nervig

☒ kreuze an

da könnte ich alles kurz und klein schlagen

Lifehacks: Immer eine freie Liege

Endlich haben Sie es geschafft: Sie sind am Urlaubsort angekommen. Das Wetter ist perfekt, mindestens viermal täglich können Sie sich den Bauch an einem „authentischen" Buffet mit Pommes und Hähnchen vollstopfen, und die Sorgen warten einen Billigflug entfernt am heimischen Sofa auf Sie. Pool und Meer laden zum Entspannen ein, und Sie können jeden Tag ausschlafen. Theoretisch. Denn die Liegen am Strand oder in Reichweite der Poolbar sind rar gesät, und wenn Sie sich nicht mit drei Fremden um einen Liegeplatz prügeln oder mit drei anderen, freundlicher gestimmten Fremden eine Liege teilen wollen, müssen Sie morgens raus, um Ihr Handtuch auf eine Liege zu legen. Nicht mit diesen Lifehacks:

- Graben Sie Ihre Liege am Strand ein. Tief genug, dass sie keiner mehr sieht – aber nicht so tief, dass Sie am nächsten Tag einen Bagger brauchen, um sie wieder auszuheben. Trampeln Sie den Sand über dem Liegengrab so nieder, dass es nicht auffällt, und markieren Sie die Stelle mit einem unauffälligen Gegenstand, beispielsweise einem Zigarettenstummel oder einem leeren Becher.

- Nehmen Sie Ihre Liege mit aufs Zimmer. Der Trick ist, sie so locker unter dem Arm zu tragen, als wäre das völlig selbstverständlich.

- Betreiben Sie Liegen-Hopping. Wenn Sie auf jeder Liege maximal zehn Minuten liegen bleiben, merkt niemand etwas. Bonus: Sie brauchen kein eigenes Badetuch.

- Stellen Sie sich neben jemanden, der auf einer Liege liegt, und starren Sie ihn wortlos an, bis er geht. Das funktioniert umso besser, wenn derjenige sich gerade sonnt und Sie darauf achten, stets einen Schatten auf ihn zu werfen.

- Bauen Sie eine große Sandburg und erklären Sie der Person, die auf der Liege daneben liegt, dass sie sich auf einem Privatgrundstück befindet – im Vorgarten Ihrer Burg.

- Gehen Sie zu einer Person, die auf einer Liege liegt, und sagen Sie zu ihr: „Ich finde es ausgesprochen mutig, dass Sie sich trauen, auf dieser Liege zu liegen." Stoßen Sie einen langen Pfiff aus und starren Sie die Person ungläubig an, bis sie geht.

- Setzen Sie sich einen Bauhelm auf und führen Sie eine „Liegeninspektion" durch. Sagen Sie der Person auf der Liege, dass diese Liege wegen gravierender Baumängel umgehend gesperrt werden muss.

- Sagen Sie der Person auf der Liege, dass Sie im Reiseführer gelesen haben, dass auf dieser Liege vor 100 Jahren ein Mord geschehen ist, und es deshalb hier spukt. Machen Sie danach aus sicherer Entfernung gruselige Geräusche, bis die Person panisch flüchtet.

- Erzählen Sie der Person auf der Liege, dass es am anderen Ende des Strands gratis Eiscreme gäbe. Das funktioniert noch besser, wenn Sie sich vorher ein Eis kaufen und es freudestrahlend schwenken. Bonus: Sie haben ein Eis.

- Legen Sie sich zwischen zwei besetzte Liegen, die offenbar zusammengehören, mit Ihrem Badetuch auf den Boden. Machen Sie dann sehr laut unangenehme Geräusche.

» Bieten Sie den Personen auf den Liegen an, sie mit Olivenöl einzureiben. Wenn sie nicht wegen dieses verstörenden Angebots flüchten, dann spätestens, wenn sie durch ihre Ölschicht den Sonnenbrand ihres Lebens haben.

Treffende Türschilder fürs Hotel

Solange Sie nicht vor 16 Uhr ein- und erst nach 10 Uhr wieder auschecken wollen, sind Sie gerngesehener Gast im Hotel. Ganz egal, ob es mit günstigen Preisen in einer „ursprünglichen" Gegend wirbt und dabei zu erwähnen vergisst, dass jede halbwegs sehenswerte Ecke eine dreistündige Fahrt mit vier Buslinien und zwei Zügen entfernt ist, oder ob es seine horrenden Preise mit der zentralsten aller Lagen rechtfertigt: Für Ihre Reise brauchen Sie eine Unterkunft. Viele Hotels geben sich die größte Mühe, allen Bedürfnissen ihrer Gäste gerecht zu werden. Aus irgendeinem Grund scheinen sie dabei zu glauben, dass Klotüren aus Glas eine wichtige Sehnsucht stillen können, vergessen aber, ihre „Bitte nicht stören"-Türschilder um ein paar treffendere Optionen zu ergänzen. Bringen Sie diese also am besten selbst mit.

Die Sex-
geräusche
kommen
aus dem
Zimmer
nebenan.
BITTE
Safe
auf-
füllen

Eintritt
nur mit
BIER

Mir ist
lang-
weilig,
wollen Sie
was
spielen?

Bitte
neu
möblieren
Bin
verkatert.
Ja, um
diese
Uhrzeit.

10 Dinge, die Sie am All-inclusive-Buffet nur machen sollten, wenn Sie aus dem Hotel fliegen wollen

» Stellen Sie Ihren Sessel ans Buffet und essen Sie direkt aus den Servierwannen.

» Bauen Sie eine fragile Pyramide aus allen sauberen Tellern.

» Bringen Sie kleine „Reserviert"-Schilder mit und stecken Sie diese in die Speisen, die Sie noch essen wollen.

» Helfen Sie dem Personal, indem Sie halb leere Servierwannen zusammen leeren.

» Füllen Sie Ihr Essen in eigene Tupperboxen.

» Stellen Sie Ihr Lieblingsgericht zusammen und richten Sie mehrere Teller an, die Sie anderen Gästen ungefragt servieren.

» Verstecken Sie ein kleines Lego-Männchen in einer der Servierwannen und beobachten Sie die Reaktion des Gastes, der es findet.

» Nehmen Sie alle Salatdressings mit zu Ihrem Tisch und verkaufen Sie sie portionsweise für einen Euro.

» Bringen Sie Ihre nasse Badekleidung mit und trocknen Sie

diese auf den Warmhalteplatten, auf dem Toaster oder in der Mikrowelle.

» Nehmen Sie Ihren leeren Teller mit zum Buffet, lecken Sie ihn gründlich sauber und stellen Sie ihn wieder zu den sauberen Tellern.

Die ultimative Postkarte

Für schnelle Fotonachrichten mit einer Zeile Text haben Sie zu viel Stil, für ausführliche Postkarten an die 37 Daheimgebliebenen fehlt Ihnen aber die Geduld? Kein Problem: Mit dieser Postkarte sagen Sie alles, was Sie sagen möchten. Einfach kopieren, ausfüllen, abschicken, Urlaub genießen.

Liebe
☐Eltern ☐Freunde ☐Kinder
☐Arbeitskollegen ☐Person ☐Sonstige

Das Wetter ist
☐gut ☐schlecht ☐auch nicht anders als zu Hause ☐unbekannt

Das Essen schmeckt
☐gut ☐schlecht ☐auch nicht anders als zu Hause ☐unergründlich

Ich wünschte, dieser Urlaub wäre
☐jetzt schon vorbei ☐viel länger, damit ich euch nicht so bald wiedersehen muss
☐billiger gewesen

Ich hoffe, ihr habt
☐es ohne mich so schön wie ich ohne euch ☐bessere Laune als letztes Mal -
☐eine unheilbare Krankheit

☐Schöne ☐unschöne
☐maximal verachtende
Grüße,

____________________________(Name)

Wenn Sie diese Postkarte finden, bitte hier Briefmarke anbringen. Danke!

Feiertags-
frustrationen

Feiertagsfrustrationen

Feiertage bieten unter anderem deswegen so viel Frustpotenzial, weil man sie meist mit der Gruppe von Menschen verbringen muss, die man sich nicht aussuchen kann: der Familie. Alle Planung ist zum Scheitern verurteilt, Geschenke – ob man sie macht oder bekommt – sind eigentlich immer verkehrt, und Feiertage sind so ziemlich die einzigen freien Tage, die man lieber mit Arbeiten verbringen würde.

Feine Präsente für jeden Anlass

Was ist schlimmer: Geschenke machen oder Geschenke bekommen? Die Antwort lautet: Ja. Aber in diesem Universal-Ratgeber fürs ganze Leben lösen wir natürlich auch jede Krux um das Thema „aufmerksame Gaben".

WENN SIE EIN GESCHENK MACHEN

» ... nehmen Sie die Wünsche des Beschenkten ernst. Wünscht er sich das berühmte „Nichts", akzeptieren Sie das. Dafür können Sie sich beim Verpacken umso mehr Mühe geben und das Nichts in einem hübschen Geschenkkarton dekorativ einhüllen. Um die Spannung zu steigern, können Sie das Nichts in einer sehr, sehr kleinen Schachtel verpacken, diese wiederum in einer etwas größeren und immer so weiter, bis Sie eine wunderhübsch verpackte, PKW-große Geschenkkiste voller Nichts präsentieren können.

- … geht Individualität vor Preis. Statt viel Geld für einen Luxusgegenstand auszugeben, beweisen Sie Ihre tiefe Verbindung zum Beschenkten, indem Sie etwas sehr Persönliches selbst machen, zum Beispiel heimlich durch das Badezimmerfenster angefertigte Nacktportaits des Beschenkten.

- … beweisen Sie Ihren Sinn für Nachhaltigkeit. Bewundert der Beschenkte beispielsweise Ihren Kleidungsstil, muss der Kleidercontainer auf Ihre nächste Spende verzichten, und Sie verpacken Aussortiertes stattdessen hübsch als Geschenk. Bewundert der Beschenkte ebenso Ihren Parfumgeschmack, müssen Sie die aussortierte Kleidung vorher nicht einmal mehr waschen.

- … zählt bekanntlich der Gedanke. Scheuen Sie sich nicht davor, die zehn Lieblingslieder des Beschenkten auf dem Dudelsack zu lernen, um ihm ein einmaliges Privatkonzert zu geben. Es macht nichts, wenn es nicht perfekt ist. Er wird die Mühe zu schätzen wissen.

- … setzen Sie auf den Überraschungseffekt. Am Tag des Ereignisses bekommt der Beschenkte zahllose Präsente langweilig und vorhersehbar überreicht. Schwimmen Sie jedoch gegen den Strom, indem Sie ihm Ihr Geschenk ohne jede Vorwarnung überbringen. Dazu können Sie zum Beispiel um drei Uhr morgens in die Wohnung des Beschenkten einbrechen und das Geschenk in sein Bett legen, während er schläft.

WENN SIE EIN GESCHENK BEKOMMEN

» ... bringen Sie sich in die richtige Stimmung, indem Sie vorher enttäuschende Nachrichten aus aller Welt lesen. Kein Geschenk kann so schlimm sein, dass Sie sich nicht mit dem Gedanken trösten könnten: „Wenigstens hat mir kein Erdrutsch mein Haus vernichtet und meine ganze Familie unter sich begraben."

» ... stellen Sie es direkt danach zur Auktion und verkaufen Sie es noch während der Feier an den Höchstbietenden. So kann sich der Schenkende mit Ihnen gemeinsam darüber freuen, wie viel Geld Sie dafür bekommen haben.

» ... sagen Sie: „Ist ja lustig, GENAU DAS habe ich auch für jemanden besorgt." So haben Sie das Weiterschenken direkt angekündigt und sparen sich außerdem die Geschenksuche für irgendjemanden, dem dieser Müll vielleicht gefallen könnte.

» ... führen Sie während des Auspackens eine Liste, auf der Sie den Schenkenden Plätze auf einer Rangliste zuweisen. Auf diese Weise werden sie sich das nächste Mal automatisch mehr Mühe geben, um nicht auf den letzten Rängen zu landen.

» ... und es Ihnen nicht gefällt, packen Sie es einfach wieder ein, legen es zur Seite und tun so, als hätten Sie es nicht gesehen.

Geschenkidee für Verzweifelte

Es gibt Personen, bei denen man einfach nicht weiß, was man ihnen schenken soll – und es auch niemals wissen wird. Und dann gibt es noch diese anderen Menschen, die zwar irgendwie ständig existieren, aber die man trotzdem immer wieder vergisst. Genau für diese Fälle finden Sie nachfolgend ein kreatives Last-Minute-Geschenk zum Ausschneiden. Sie wissen ja, wie Tante Gertrud sagt: Gutscheine gehen immer!

Achtung: Überlegen Sie gut, wem Sie welchen Gutschein schenken. Derjenige könnte ihn tatsächlich eines Tages einlösen.

GUTSCHEIN
für ein Mal Haarewaschen (Sie waschen sich die Haare, und ich gucke Ihnen dabei zu)

GUTSCHEIN
für ein Mal Ihr Gewicht erraten, wenn ich drei Mal raten darf und Sie „höher" oder „niedriger" sagen

GUTSCHEIN
Ich sage Ihnen, was mit Ihnen nicht stimmt (bitte mindestens drei Stunden zzgl. Pinkelpausen einplanen)

GUTSCHEIN
für eine selbstgebastelte Zahnbürste (Benutzung auf eigene Gefahr)

GUTSCHEIN
für das Abschälen von drei Salatgurken oder drei Zucchini oder sieben Bananen

GUTSCHEIN
für einen gemeinsamen Filmabend mit einer Dokumentation über die Herstellung von Wattebäuschen inkl. Adiokommentar von mir

GUTSCHEIN
für ein gemeinsames Abhängen in der gefährlichsten Gegend der Stadt (ich bringe den Schnaps mit, Sie die Waffen)

GUTSCHEIN
für meine gesamte Kleidung – sobald sie mir nicht mehr passt oder gefällt, gehört sie Ihnen

GUTSCHEIN
für ein gemeinsames Selfie vor
einer Dönerbude Ihrer Wahl
(Selfie-Stick nicht inkludiert)

GUTSCHEIN
für einmal fest drücken, über
die Haare streicheln und „na,
na, na" sagen

Alle „Lieben" an einem Ort: Beim Familientreffen

Familientreffen sind ein einmaliger Schauplatz für Tragikomödien in zahllosen Akten. Tante Helga erzählt dieselbe Geschichte mit maximal minimalen Abweichungen zum drölfzigsten Mal, Onkel Heinrich liegt schon vor dem Essen besoffen unterm Tisch, alte Geheimnisse kommen raus und lösen Krieg aus, irgendwo in einer Ecke schreit ein Kind. Und dann gibt's auch noch was zu essen. Damit das nicht immer so aussieht, lügen sich die meisten Familien gegenseitig achtsam die Hucke voll. Da spricht nichts dagegen, immerhin überleben so alle Beteiligten hoffentlich die Feiertage.

Das sind die zehn häufigsten Lügen bei Familientreffen (und was sie in Wahrheit bedeuten):

- „Irgendwas an dir hat sich verändert." (Du siehst total beschissen aus, irgendwie bist du außerdem ein bisschen fett geworden, und ich würde gerne hören, was bei dir alles falsch läuft, um mich selbst besser zu fühlen.)

- „Mein neuer Partner hatte heute leider etwas anderes vor." (Es existiert kein neuer Partner. Ich werde allein sterben.)

- „Es ist nicht so schlimm, wie es aussieht." (Es ist sogar noch viel, viel schlimmer.)

- „Wie schön, dass wir uns auch mal wiedersehen!" (Es war eigentlich ganz cool, dich nicht sehen zu müssen, und ich bin jetzt schon froh, wenn ich dich wieder los bin.)

- „Danke, es geht mir gut." (Es geht dich einen Scheißdreck an, was bei mir gerade so los ist.)

- „Dein neuer Job klingt total spannend." (Ich habe nicht die geringste Ahnung, was du beruflich machst. Und es interessiert mich auch nicht.)

- „Das Outfit passt total zu dir!" (Weil es genauso hässlich ist wie du.)

- „Dein Hund/dein Kind ist wirklich zuckersüß." (Wenn es mich berührt, trete ich ihm ins Gesicht.)

- „Das Essen hat lecker geschmeckt." (Ich bin nicht mal sicher, ob es Hühnchen oder Fisch war, aber ich bin wirklich froh, dass es vorbei ist. Hoffentlich kann ich es drinbehalten.)

» „Danke für das Geschenk!" (Die Auktion startet in zwei Minuten.)

Nerv-Barometer: Feiertage

Wie nervig sind die folgenden Dinge?

Die Weihnachtsbeleuchtung der Nachbarn von gegenüber, die Sie durchs Fenster sehen können und die die ganze Nacht über blinkt

überaupt nicht nervig

☒ kreuze an

da könnte ich alles kurz und klein schlagen

Das „frohe neue Jahr", das Ihnen noch im März jeder wünscht, den Sie seit Dezember nicht gesehen haben

überaupt nicht nervig

☒ kreuze an

da könnte ich alles kurz und klein schlagen

Der Chatverlauf mit der Person, die Ihnen jedes Jahr zum Geburtstag gratuliert, zu der Sie sonst aber überhaupt keinen Kontakt haben

überaupt nicht nervig

☒ kreuze an

da könnte ich alles kurz und klein schlagen

Das „Guck mal, was ich mir gerade neu gekauft habe"-Ding, das Ihnen ausgerechnet die Person präsentiert, für die Sie exakt dasselbe Ding als Geschenk im Schrank liegen haben

überaupt nicht nervig

☒ kreuze an

da könnte ich alles kurz und klein schlagen

„Verrückt, die haben jetzt schon Weihnachtsbeleuchtung angebracht"-Witze im Januar

überaupt nicht nervig

☒ kreuze an

da könnte ich alles kurz und klein schlagen

Mehrere Partys, die am selben Tag stattfinden

überaupt nicht nervig

☒ kreuze an

da könnte ich alles kurz und klein schlagen

Dieser eine Verwandte mit seinen politisch unkorrekten, unlustigen Witzen

überaupt
nicht nervig

☒ kreuze an

da könnte ich alles
kurz und klein schlagen

Weihnachtsfeiern mit Kindern, die noch an den Weihnachtsmann glauben

überaupt
nicht nervig

☒ kreuze an

da könnte ich alles
kurz und klein schlagen

Der ärztliche Rat, der Ihnen eine zweimonatige Fastenkur empfiehlt, und zwar ab dem 29. November

überaupt
nicht nervig

☒ kreuze an

da könnte ich alles
kurz und klein schlagen

Einkaufszentren an Samstagen vor Weihnachten

überaupt
nicht nervig

☒ kreuze an

da könnte ich alles
kurz und klein schlagen

Persönliche Fragen von Verwandten, die man höchstens drei Mal pro Jahr sieht

überaupt nicht nervig | ☒ kreuze an | da könnte ich alles kurz und klein schlagen

Als Begleitung zu einer Hochzeit mitgenommen werden, auf der man weder das Brautpaar noch sonst irgendjemanden kennt

überaupt nicht nervig | ☒ kreuze an | da könnte ich alles kurz und klein schlagen

Die Einladung von ausgerechnet diesem einen Verwandten, der am weitesten entfernt wohnt

überaupt nicht nervig | ☒ kreuze an | da könnte ich alles kurz und klein schlagen

Das Outfit vom letzten Jahr, das aus irgendeinem Grund nicht mehr passt

überaupt nicht nervig | ☒ kreuze an | da könnte ich alles kurz und klein schlagen

Motto-Partys

überaupt nicht nervig

☒ kreuze an

da könnte ich alles kurz und klein schlagen

Das Geschenkpapier, das um einen halben Zentimeter zu kurz ist

überaupt nicht nervig

☒ kreuze an

da könnte ich alles kurz und klein schlagen

Als kinderloser Erwachsener zu einer Kinder-Geburtstagsparty eingeladen werden

überaupt nicht nervig

☒ kreuze an

da könnte ich alles kurz und klein schlagen

Der Schreibfehler auf der Glückwunschkarte

überaupt nicht nervig

☒ kreuze an

da könnte ich alles kurz und klein schlagen

Unausblasbare Scherzkerzen

überaupt nicht nervig ☒ kreuze an da könnte ich alles kurz und klein schlagen

Singende Glückwunschkarten

überaupt nicht nervig ☒ kreuze an da könnte ich alles kurz und klein schlagen

Familienzuwachs: Die neuen Schwiegereltern

Auf einer Skala von 1 bis 10 ist Ihr neuer Partner eine 9. Wäre er eine Waise, hätte er die volle Punktzahl gemacht. Aber leider hat er nun mal diese Eltern, und früher oder später müssen Sie die noch kennenlernen. Damit die Fronten von Anfang an geklärt sind und einer rauschenden Hochzeitsfeier gefolgt von einem harmonischen Eheleben nichts im Weg steht, sollten Sie beim ersten Treffen mit den Schwiegereltern die folgenden Aussagen vermeiden:

» „Ach, Sie wirken doch eigentlich ganz nett. Ich war auf Schlimmeres vorbereitet!" – mit einem vorwurfsvollen Blick in Richtung Partner

» „Jetzt weiß ich, woher Ihr Kind sein Kochtalent hat." – während Sie den vollen Teller angewidert von sich weg schieben

- „Also ich hatte ja schon sehr viele in der Kiste, aber Ihr Kind ist eindeutig der/die Beste." – dabei ausgiebiges, vielsagendes Zwinkern

- „Würden Sie das bitte ausfüllen?" – dabei einen 15-seitigen Fragebogen zur Familiengeschichte überreichen

- „Nach wem, würden Sie sagen, kommt Ihr Kind eher?" – dabei deutlich zeigen, dass Sie sich vor der Antwort fürchten, indem Sie eine Grimasse ziehen und die Daumen gedrückt halten

- „Entschuldigen Sie die Verspätung, wir haben im Auto noch 'ne Nummer geschoben." – dabei die eigene Kleidung zurechtrücken

- „Haben Sie nix Stärkeres? Ich versuche, den Pegel zu halten." – wenn Ihnen Wasser oder Kaffee angeboten wird

- „Nachdem Ihr Kind von Ihren Kochkünsten erzählt hat, habe ich das hier mitgebracht." – ein ganzes Menü in Tupperdosen präsentieren

- „Ich wollte ja eigentlich einen Hund haben, aber Ihr Kind tut's auch." – dabei dem Partner ein Halsband umlegen

- „Na, wie wär's mal mit Partnertausch?" – dabei verführerisch mit den Augenbrauen wackeln

10 Dinge, die Sie beim gemeinsamen Essen nicht sagen sollten

... außer Sie möchten, dass es das letzte gemeinsame Essen war.

WENN SIE ZUM ESSEN EINGELADEN HABEN, SOLLTEN SIE NICHT SAGEN:

» „Ich hoffe, Sie mögen Überraschungen! Das Fleisch habe ich in einer Tüte vor der Tür gefunden."

» „Es gibt fünf ganze und eine halbe Portion. Ich glaube, wir alle wissen, wer die halbe Portion essen sollte."

» „Ich hoffe, es schmeckt! Die Katzen haben ganz fleißig beim Kochen geholfen."

» „Könnte irgendjemand mal vorsichtig probieren? Das sind meine ersten selbst gesammelten Pilze."

» „Jetzt, wo alle da sind, können wir mit dem Kochen beginnen. Wer weiß, wie man einen Truthahn ausnimmt?"

WENN SIE ZUM ESSEN EINGELADEN SIND, SOLLTEN SIE NICHT SAGEN:

» „Nein, sagen Sie nichts! Ich errate schon noch, was für ein Gericht das sein soll."

» „Das schmeckt wie damals – früher, bei der Bundeswehr."

- „Meine Mutter hat da ein ganz tolles Rezept, soll ich sie mal fragen, ob sie es Ihnen geben würde?"

- „Ja, dass es selbstgemacht ist, das schmeckt man!"

- „Hätten Sie doch vorher etwas gesagt, ich hätte etwas vom Dönerstand um die Ecke mitbringen können."

Ein Jawort und viele Fremde: Als Gast auf einer Hochzeit

Hochzeiten sind etwas Wunderbares. Es gibt ein glückliches Paar, mittelgutes Essen, viel zu viel Alkohol und den einen oder anderen Nervenzusammenbruch. Und natürlich enorm viele Gäste, von denen Sie die eine Hälfte nicht kennen und die andere Hälfte lieber nicht kennen würden. Noch schlimmer: Sie sind als Begleitung bei einer Hochzeit, auf der Sie überhaupt niemanden kennen. Kein Grund, sich als Mauerblümchen in eine Ecke zu verziehen! Mit diesen Tipps erobern Sie die Herzen des Brautpaares und aller anwesenden Gäste:

- Zeigen Sie sich schon vor der Trauung proaktiv, indem Sie die Braut aufsuchen und sie fragen, ob noch Unterstützung in Sachen Haare, Make-up, Blumenmädchen oder Schleppenträger gebraucht wird.

- Bringen Sie sich während der Trauung als Stimmungsbarometer ein, indem Sie an den richtigen Stellen mit ausgelassenem Gelächter, gerührtem „Oooooh" oder tosendem Beifall reagieren.

» Achten Sie darauf, auf den allermeisten Fotos mit drauf zu sein, am besten ganz vorne in der Nähe des Brautpaares.

» Falls Sie mit den Personen an Ihrem Tisch nicht warm werden oder man Sie gemeinsam mit DJ, Fotograf und Hochzeitsplaner an den „Katzentisch" gesetzt hat, fragen Sie ruhig jemanden, ob er mit Ihnen den Platz tauscht. Mit etwas Geschick tauschen Sie sich bis an den Brauttisch.

» Helfen Sie dem Brautpaar, Geld zu sparen, indem Sie die Funktion des Buffet-Wächters übernehmen. Stellen Sie sich ans Buffet und kontrollieren Sie, wie viel die Gäste essen. Überladene Teller oder zweite Portionen kommentieren Sie mit tadelnden Blicken.

» Geben Sie dem DJ eine Liste mit Ihren Lieblings-Heavy-Metal-Songs, damit sich das Brautpaar nicht aufgrund schlechter Musikauswahl blamiert.

» Nehmen Sie dem Brautpaar zusätzliche Arbeit ab, indem Sie die Hochzeitstorte in gleichmäßige Stücke vorportionieren.

» Sobald Sie merken, dass die Stimmung sinkt, schnappen Sie sich das Mikrofon und erzählen Sie ein paar lustige Witze. Das Brautpaar wird Ihnen dankbar sein, dass Sie die Stimmung gerettet haben.

» Erfinden Sie sich selbst neu und erzählen Sie jedem Gast eine andere Lebensgeschichte inklusive neuer Identität. Das Brautpaar wird noch jahrelang Spaß daran haben herauszufinden, wer da wirklich auf seiner Hochzeit war.

- » Bringen Sie verschiedenfarbige Permanentmarker mit und verteilen Sie diese an die Gäste mit der Anweisung, auf dem Kleid der Braut zu unterschreiben, ohne dass sie es merkt. Eine gelungene Überraschung – für dieses Geschenk werden Sie unvergessen bleiben.

Besinnliches Weihnachtsspiel für die gesamte Familie

Zur friedlichsten Zeit des Jahres herrscht in vielen Familien Krieg. Damit Ihre nächste Familienweihnachtsfeier schön besinnlich abläuft, bringen Sie Ihre Liebsten mithilfe eines lustigen Spiels näher zusammen.
So funktioniert es:

- » Jedes Familienmitglied bekommt Papier und Stift.
- » Die untenstehenden Eigenschaftszettel werden ausgeschnitten und in einer Weihnachtsmütze gemischt.
- » Der jüngste Spieler zieht einen der Zettel und liest ihn laut vor.
- » Alle Familienmitglieder schreiben eine Liste und vergeben Plätze von „Erster" bis „Letzter" für sämtliche Familienmitglieder – sich selbst eingeschlossen – für inwieweit die vorgelesene Eigenschaft auf die jeweilige Person zutrifft. Es gibt so viele Plätze wie Familienmitglieder.
- » Zum Schluss wird ausgewertet.

» Das bringt Spiel und Spaß für jedes Familienmitglied, das jetzt genau weiß, wo es steht!

langweilig	hässlich	stinkend	arrogant
asozial	dumm	egoistisch	psycho-pathisch
faul	charakterlos	dickköpfig	aggressiv

unbeliebt	verlogen	feige
auf- dringlich	besser- wisserisch	versnobt
begabungslos	eitel	rücksichtslos
erfolglos	armselig	oberflächlich

Das ganze Leben nervt

Das ganze Leben nervt

Eigentlich ist es unerheblich, ob Sie gerade arbeiten, Ihre Freizeit genießen, im Verkehr unterwegs sind, Urlaub machen oder an irgendeiner Feierlichkeit teilnehmen: Das ganze Leben steckt voller kleiner und großer Hürden, die in exakt dem Moment, in dem Sie sie überspringen, nochmal um einen halben Meter wachsen, damit Sie sich schön der Länge nach auf die Fresse legen.

Heute im Sonderangebot: Nervenzusammenbruch im Supermarkt

Seit es Lieferdienste gibt, sollte es eigentlich nur eine Frage der Zeit sein, bis sämtliche Supermärkte schließen müssen. Aber irgendwie werden es nicht weniger, sondern mehr – genauso wie die Menschen, die sich darin tummeln. Und denen fällt überdies immer wieder etwas Neues ein, um Ihnen den Einkauf so unangenehm wie möglich zu machen. Dabei könnte es so schön sein.
Unserer groß angelegten, nicht durchgeführten Feldstudie zufolge müssen Sie im Supermarkt

» ... auch dann einen Einkaufswagen nehmen, wenn Sie lediglich ein Päckchen Kaugummi an der Kasse kaufen wollen.

» ... sehr langsam und möglichst in Schlangenlinien oder Zickzack-Routen durch die Gänge schleichen, damit niemand an Ihnen vorbeipasst.

- » … sich an der Frischetheke erst anfangen zu überlegen, was Sie kaufen möchten, wenn Sie bereits an der Reihe sind.

- » … jedes Produkt, das Sie überlegen zu kaufen, ganz genau studieren, die Inhaltsliste auswendig lernen und auf Ihrem Smartphone googeln, was es über das Produkt zu googeln gibt, und währenddessen das gesamte Produktregal mit Ihrem Körper und Ihrem Einkaufswagen blockieren.

- » … wenn Sie Ihren Einkaufswagen kurz stehen lassen müssen, ihn so platzieren, dass sich unter Garantie jemand möglichst schwer daran verletzt oder zumindest niemand daran vorbeikommt.

- » … von Artikeln, die im Sonderangebot sind, am besten absolut alle mitnehmen, egal, wie viele es sind.

- » … sich an der Kasse möglichst laut darüber beschweren, wie lange das heute schon wieder dauert, und die anderen Kunden dazu animieren, sich mit Ihnen aufzuregen.

- » … in der Kassenschlange der Person vor Ihnen ein Gefühl von Nähe und Geborgenheit vermitteln, indem Sie sich oder Ihren Wagen so nah dranstellen, dass wohliger Körperkontakt entsteht.

- » … möglichst viele Rabattsticker, beschädigte Barcodes, Waagenprodukte und andere Zeitverzögerer aufs Band legen, eine defekte EC-Karte griffbereit haben und mit dem Kassierer ein nettes, sehr langes Gespräch führen.

- … Ihren Kassenzettel, Umverpackungen, abgefallene Salatblätter, ausgemusterte Kleidung und Ihren Restmüll der letzten drei Wochen im Einkaufswagen lassen, wenn Sie ihn zurückgeben.

Wie, das ist kein Verhalten für Champions wie Sie? Dann machen Sie beim nächsten Besuch im Supermarkt einfach mal alles anders:

- Bringen Sie Ihre Küche mit in den Supermarkt, statt Ihre Einkäufe mit nach Hause zu nehmen. Bereiten Sie sich Ihr Essen direkt vor Ort zu – das spart Zeit und gibt Ihnen Spielraum für Improvisationen. Mit Gratisproben können Sie Ihr Gericht zusätzlich kostenlos aufpeppen.

- Bringen Sie einen Besenstiel als Lanze mit, funktionieren Sie den Einkaufswagen zum Pferd um und fordern Sie andere Kunden zum Tjost heraus. Der Verlierer muss den Einkauf des Gewinners bezahlen.

- Legen Sie von zu Hause mitgebrachte Gegenstände mit aufs Band – ein lustiges Ratespiel für den Kassierer.

- Schmuggeln Sie Produkte in die Einkaufswagen anderer Kunden und geben Sie sich selbst einen Punkt für jedes Schmuggelprodukt, das am Ende gekauft wird.

- Spielen Sie Einkaufswagen-Roulette, indem Sie sich einen unbewachten Einkaufswagen schnappen und damit direkt zur Kasse gehen.

- Bauen Sie eine fragile Pyramide aus Knäckebrot mitten in den Müsli-Gang.

- Verwandeln Sie Ihren Einkaufswagen in einen Rennwagen, indem Sie laute Motorengeräusche machen und versuchen, Ihre eigene Bestzeit zu schlagen. Blinkergeräusch nicht vergessen!

- Wenn Sie sich zwischen mehreren Produkten nicht entscheiden können, starten Sie eine Umfrage mit Verkostung und kaufen Sie das, was bei den anderen Kunden am besten ankommt.

- Bringen Sie eine Angelrute mit und angeln Sie sich Ihre Einkäufe, anstatt sich die Produkte einfach langweilig aus den Regalen zu nehmen.

- Bauen Sie Ihre Pfandflaschen als Pins auf und spielen Sie Pfand-Bowling mit einer Melone als Kugel.

Einkaufsliste vergessen?

Wer kennt es nicht: Die in stundenlanger Schwerstarbeit angefertigte, zur Perfektion gereifte Einkaufsliste schlummert friedlich auf der Kommode im Flur, während Sie orientierungslos im Supermarkt herumirren und nicht mehr wissen, ob Sie Backpulver oder Dosenmais kaufen wollten. Das passiert Ihnen ab sofort nie wieder! Einfach ausschneiden, in die Brieftasche stecken, und schon haben Sie Ihre Einkaufsliste immer dabei:

- Brot
- Schnaps
- Kondome
- Mehl
- 3 reife Pflaumen
- Dosenthunfisch
- Milchpulver für Säuglinge unter 6 Monaten
- Weißbier
- Wachteleier
- Strumpfhose (schwarz)
- Geburtstagskerzenzahlen (4 – 7)
- alle Zutaten für das heutige Abendessen

LÜGEN, KÜSSEN, HEIRATEN: HORRORDATES

Wenn Sie Ihren Partner fürs Leben nicht längst gefunden oder die Hoffnung schon vor Jahren aufgegeben haben, gehören Sie zu den Millionen von Menschen, die auf der Suche nach Liebe durchs Leben wandern – und dabei versuchen, den üblichen Stolpersteinen auszuweichen. Wenn das Gegenüber so ungefähr der richtigen Altersgruppe und dem richtigen Geschlecht angehört, läuft Ihr Date schon um einiges besser, als es könnte. Aber dann gibt es da noch die Lügner, Bigamisten, Heiratsschwindler und das allseits beliebte Ghosting. Mit unseren Tipps drehen Sie den Spieß um und verwandeln sich selbst in das Horrordate, das Sie niemals haben möchten.

- Bringen Sie eine Schildkröte mit zum Date und stellen Sie sie vor als „Berthold, mein Wohlfühlbegleiter". Erklären Sie, dass Berthold alle Entscheidungen für Sie trifft.

- Erscheinen Sie in einer Hälfte eines Partnerkostüms und bringen Sie das dazu passende Kostüm für Ihr Date direkt mit. Seien Sie sehr beleidigt, wenn sich Ihr Date nicht direkt umziehen möchte.

- Verblüffen Sie Ihr Date mit all den Fakten, die Sie durch das vorangehende Stalking bereits herausgefunden haben. Verknüpfen Sie das mit Komplimenten. („Ich finde deine neue Bettwäsche ganz bezaubernd.")

- Bringen Sie Ihre Eltern, Großeltern, besten Freunde und einen Hochzeitsplaner mit.

- Nehmen Sie eine Sockenpuppe mit, die die Unterhaltung zwischendurch mit einer sehr hohen, sehr lauten Stimme auflockert.

- Haben Sie ein Notizbuch griffbereit und machen Sie sich regelmäßig konzentrierte Notizen, wenn Ihr Date spricht.

- Bitten Sie Ihr Date darum, vorher einen schwierigen IQ-Test zu absolvieren, weil Sie „kein Interesse an Personen, die so schlau sind wie die durchschnittliche Feldgurke" haben.

- Verblüffen Sie mit kreativen Ideen, indem Sie dem normalen Dinner-und-Kino-Schnickschnack eine Abfuhr erteilen. Nehmen Sie Ihr Date mit zum TÜV.

- Verteilen Sie während des Dates Noten an Ihre Begleitung in den Kategorien: erster Eindruck, Outfit & Styling, Etikette, Fun-Faktor und Sexappeal. Teilen Sie jede Änderung umgehend laut mit. („Diese Geschichte war zu lang und nur wenig unterhaltsam. Vorsicht, bei Fun-Faktor stehst du jetzt auf einer Vier.")

- Bringen Sie Ihr Lieblingsbuch mit und bitten Sie Ihr Date darum, es sofort zu lesen, damit Sie etwas haben, worüber Sie sich unterhalten können.

Möchten Sie gar kein Horrordate sein, sondern wirklich die wahre Liebe finden? Dann sind die obenstehenden Tipps eher mittelmäßig empfehlenswert. Aber selbst, wenn Sie sich von Ihrer besten Seite zeigen, kann es passieren, dass Ihr Gegenüber andere Pläne hat. Was tun, wenn die atemberaubende Schönheit aus der Dating-App sich beim ersten Treffen als Ork-ähnliche Gestalt mit dem Esprit einer Dattelpalme entpuppt? Mit diesen Taktiken entkommen Sie jedem Date schnell und unkompliziert:

- „Ich muss eben noch zur Darmspiegelung. Möchtest du mich begleiten?"

- Schlagen Sie ein Versteckspiel vor und fahren Sie nach Hause, anstatt sich zu verstecken.

- „Es tut mir wirklich leid, dass ich mich jetzt schon verabschieden muss, aber mein Heimweg dauert wirklich SEHR lang." Setzen Sie sich auf Ihr mitgebrachtes Bobbycar und düsen Sie nach Hause.

- Kündigen Sie an, bei einem Zaubertrick eine Person verschwinden zu lassen. Dass diese Person Sie selbst sind, merkt Ihr Date dann schon.

- Erklären Sie, dass Ihr Psychotherapeut Ihnen geraten hat, nie länger als eine Stunde am Stück mit derselben Person zu verbringen – der Sicherheit dieser Person zuliebe.

- „Mein Lebensberater findet, wir passen nicht zusammen, aber er soll es dir selbst erklären." Blicken Sie dann auf den Platz neben sich, als würde dort jemand sitzen und etwas erklären. Nicken Sie hin und wieder und machen Sie zustimmende Geräusche.

- Begehen Sie eine kleine Straftat und lassen Sie sich verhaften.

- Finden Sie irgendeine fremde Person, die Sie Ihrem Date vorstellen können. Sagen Sie: „Ihr habt euch bestimmt viel zu erzählen, da will ich nicht stören" und gehen Sie weg.

- Tun Sie so, als wäre Ihr Date plötzlich verschwunden. Suchen Sie eine Weile nach Ihrer Begleitung und machen Sie sich dann sehr enttäuscht auf den Heimweg.

- Gehen Sie auffällig häufig zur Toilette und entschuldigen Sie sich dann mit explosionsartigem Durchfall.

Nerv-Barometer: Das ganze Leben

Wie nervig sind die folgenden Dinge?

Diese eine Mücke im Schlafzimmer

überaupt nicht nervig

☒ kreuze an

da könnte ich alles kurz und klein schlagen

Der Preisaufkleber, der einfach nicht abgeht

überaupt nicht nervig

☒ kreuze an

da könnte ich alles kurz und klein schlagen

Der Radiergummi, der abfärbt

überaupt nicht nervig

☒ kreuze an

da könnte ich alles kurz und klein schlagen

Der letzte Rest Zahnpasta, der erst nicht aus der Tube will und dann über die Zahnbürste hinausschießt

☐ ☐ ☐ ☐ ☐ ☐ ☐ ☐ ☐ ☐

überaupt nicht nervig | ☒ kreuze an | da könnte ich alles kurz und klein schlagen

Der Türgriff, der Sie an Ihrem Ärmel oder Ihrer Gürtelschlaufe gefangen nimmt

☐ ☐ ☐ ☐ ☐ ☐ ☐ ☐ ☐ ☐

überaupt nicht nervig | ☒ kreuze an | da könnte ich alles kurz und klein schlagen

Der Schlüssel, der sich irgendwie im Schlüsselring verhakt und dann für immer dortbleiben möchte

☐ ☐ ☐ ☐ ☐ ☐ ☐ ☐ ☐ ☐

überaupt nicht nervig | ☒ kreuze an | da könnte ich alles kurz und klein schlagen

Dieser eine Fleck, der sich auf frisch gewaschener Kleidung breitmacht, weil Sie beim Essen gekleckert haben

☐ ☐ ☐ ☐ ☐ ☐ ☐ ☐ ☐ ☐

überaupt nicht nervig | ☒ kreuze an | da könnte ich alles kurz und klein schlagen

Kleidergrößen, die doch nur beliebige Nummern zu sein scheinen

überaupt nicht nervig ☒ kreuze an da könnte ich alles kurz und klein schlagen

Der Teebeutelanhänger, der beim Eingießen in der Tasse verschwindet

überaupt nicht nervig ☒ kreuze an da könnte ich alles kurz und klein schlagen

Der Paketbote in seiner Gesamtheit

überaupt nicht nervig ☒ kreuze an da könnte ich alles kurz und klein schlagen

Die Tüte, die erst gar nicht aufgehen will und dann komplett zerreißt

überaupt nicht nervig ☒ kreuze an da könnte ich alles kurz und klein schlagen

Der Hundebesitzer, der den vollen Kotbeutel in der Natur entsorgt

überaupt
nicht nervig

☒ kreuze an

da könnte ich alles
kurz und klein schlagen

Die Jugendlichen, die unbedingt gefährlich wirken wollen, und es irgendwie auch tun

überaupt
nicht nervig

☒ kreuze an

da könnte ich alles
kurz und klein schlagen

Die Socke, die aus der Waschmaschine ausgebrochen ist und jetzt irgendwo ein neues Leben anfängt

überaupt
nicht nervig

☒ kreuze an

da könnte ich alles
kurz und klein schlagen

Die Warteschleife, die Sie eine halbe Stunde lang mit nervtötender Musik quält und letztlich einfach so auflegt

überaupt
nicht nervig

☒ kreuze an

da könnte ich alles
kurz und klein schlagen

Die Arzthelferin, die Ihren Namen aus Datenschutzgründen nicht aussprechen darf und Sie deswegen mit „Genitalherpes" aufruft

überaupt nicht nervig ☒ kreuze an da könnte ich alles kurz und klein schlagen

Die Post, die Sie sich mangels freier Hände unters Kinn klemmen und die langsam und dramatisch immer tiefer rutscht, bis sie auf dem Boden landet

überaupt nicht nervig ☒ kreuze an da könnte ich alles kurz und klein schlagen

Der Dosendeckel, der zuerst gar nicht aufgehen will und plötzlich den kompletten Doseninhalt als Fontäne freilässt

überaupt nicht nervig ☒ kreuze an da könnte ich alles kurz und klein schlagen

Das Haar in Ihrem Mund, das Sie einfach nicht zu fassen kriegen und deshalb minutenlang mit Ihren Fingern im Mund herumstochern, egal, wer gerade zuguckt

überaupt
nicht nervig

☒ kreuze an

da könnte ich alles
kurz und klein schlagen

Der Typ mit Klemmbrett, der Sie aus dem Nichts auf der Straße oder an Ihrer Haustür anlabert, weil er für irgendetwas wirklich Sinnvolles Spenden sammelt, das Sie sogar gerne unterstützen würden, und leider ist er so sympathisch, dass Sie unmöglich einfach Nein sagen können, weswegen Sie mittlerweile die Hälfte Ihres Monatsgehalts an wohltätige Organisationen spenden

überaupt
nicht nervig

☒ kreuze an

da könnte ich alles
kurz und klein schlagen

Wenn Sie vorher nicht krank waren, werden Sie es hier: Beim Arzt

Der Arztbesuch allein wäre schon schlimm genug – schließlich haben Sie ja einen Grund dafür. Aber dann müssen Sie erstmal hoffen, einen Termin zu bekommen, der weniger als 400 Tage in der Zukunft liegt. Oder Sie hoffen, dass Sie bis zum Termin wenigstens ein neues Leiden haben, mit dem Sie zum Arzt gehen müssen. Ist der große Tag dann endlich gekommen, landen Sie in einem brechend vollen Wartezimmer. Es ist stickig, Sie werden von allen Seiten angehustet, und die Sprechstundenhilfe ruft aus Datenschutzgründen nicht „Herrn Müller", sondern „Analfistel mit eitrigen Wucherungen" auf. Machen wir uns nichts vor: Die schönste Zeit Ihres Lebens werden Sie eher nicht in ärztlichen Wartezimmern verbringen. Aber mit den nachfolgenden Tipps können Sie sich die Wartezeit zumindest ein wenig verkürzen – vielleicht sogar ein bisschen mehr, wenn andere Patienten sicherheitshalber das Weite suchen.

» Fragen Sie andere Wartende, ob sie wissen, wo der Wartebereich für hochansteckende Personen ist.

» Erscheinen Sie in einer schwarzen Kutte und mit einer Sense, und bewegen Sie sich sehr langsam durch das Wartezimmer, während Sie alle Wartenden eingehend mustern.

» Bringen Sie das Musikinstrument mit, das Sie gerade zu spielen lernen, und üben Sie „Spiel mir das Lied vom Tod", während Sie warten.

- » Bringen Sie ein Stethoskop mit und „untersuchen" Sie die anderen Wartenden. Versichern Sie ihnen, dass sie gesund sind und nach Hause gehen können.

- » Blättern Sie in einem Buch über ansteckende Krankheiten und rufen Sie alle paar Seiten laut: „Das hab' ich!"

- » Verteilen Sie Flyer an die Wartenden, die für eine Luxus-Arztpraxis um die Ecke werben. Die ersten 20 Besucher können etwas gewinnen.

- » Fragen Sie die anderen Wartenden wie ein Stand-up-Comedian, was ihnen fehlt, und machen Sie lustige Witze über die jeweiligen Krankheiten.

- » Richten Sie einen romantischen Dinnertisch im Wartezimmer her und fragen Sie die anderen Wartenden, ob jemand Lust auf ein Date hat. Kerzen nicht vergessen!

- » Moderieren Sie Ihre eigene Reality-Soap hörbar für die anderen Wartenden. („Was die alte Dame zu diesem Zeitpunkt noch nicht wusste: Einer der Patienten im Wartezimmer war gar kein Patient, sondern ihr lange verschollener Urenkel Horst-Dieter.")

- » Führen Sie Interviews mit den anderen Wartenden. Wenn Ihnen jemand eine Information nicht geben will, sagen Sie: „Kein Problem, das weiß ich eh schon von der Sprechstundenhilfe."

Hilflos ausgeliefert: Handwerker & Autowerkstätten

Handwerker sind eine Klasse für sich. Als Verbraucher sind Sie der flexiblen Terminwahrnehmung, den ausgewürfelten Stundensätzen sowie der „fachlichen Expertise" ohne Gegenwehr ausgesetzt. Da hilft nur, selbst Hand anlegen und das nächste Regal in Eigenregie an die Wand zimmern. Anders sieht es bei Autos aus: Wenn Sie sich da selbstständig machen, kommt eventuell jemand ums Leben. Blöd, wenn dieser jemand ausgerechnet Sie selbst sind. Die Werkstatt bleibt Ihnen also nicht erspart. Damit Sie sich dort nicht als leichtes Opfer präsentieren müssen, sondern beim nächsten Werkstattbesuch auf fachlicher Ebene mitreden können, finden Sie im Folgenden die wichtigsten Begriffe rund ums Auto kinderleicht erklärt.

- Motor: Das, was „brumm-brumm" macht. Sehr wichtig, ohne geht nicht.
- Reifen: Meist vier Stück, zwei vorne, zwei hinten. Mit Luft gefüllter Gummi. Nötig für rollende Vorwärtsbewegung.
- Bremsen: Halten das Auto an oder beißen Pferde.
- ESP: Abkürzung.
- Zündkerzen: Zünden irgendwas an. Gefährlich und heiß. Nicht anfassen.
- Kotflügel: Gut gegen Matsch.

» Fahrgestellnummer: Langer, umständlicher Name des Autos, braucht kein Mensch.

» Keilriemen: Quietscht.

» Batterie: Muss ins Batteriefach, macht Strom.

» Lichtmaschine: Macht Licht und andere elektrische Sachen. Wenn kaputt, dann teuer.

» Getriebe: Schaltung ist oldschool, Automatik ist schick.

» Katalysator: Klingt gefährlich, besser nicht anfassen.

» Airbag: Aufgeblasenes Ding, aber wichtig, wenn's knallt.

» Turbolader: Braucht nur ein Diesel. Hat Bumms.

» Xenon: Für Arschlöcher, blendet.

» Kupplung: Ganz links, gibt's beim Schaltwagen, fehlt bei Automatik (ein Pedal weniger dann).

» Stoßdämpfer: Damit es nicht so ruckelt. Nur für Bequemlichkeit, nicht so wichtig.

» TÜV: Alle zwei Jahre wird's teuer.

» Zylinder: Röhrenförmiger Hut.

» Spoiler: Alarm!

Ratschläge, mit denen Sie mühelos durchs Leben kommen

Dieser Ratgeber soll Ihnen dabei helfen, die Herausforderungen, vor die Sie Ihre verrückte Reise auf diesem durchs All rasenden Felsbrocken stellt, besser zu meistern. Deshalb hätte dieses Buch auch doppelt so dick werden können, aber mehr war im Budget nicht drin. Beherzigen Sie die nachfolgenden Weisheiten stets sorgsam, dann klappt's ganz sicher mit dem Leben.

» Igel bitte nicht verletzen, die tun keinem was.

» Wenn es in Berlin 10:35 Uhr ist, ist es in Singapur kurz nach halb fünf nachmittags.

» Blau und Rot sind nicht dasselbe, aber beides sind Farben.

» Wenn Sie vor Gericht stehen, ist „Als ob Sie noch nie jemanden umgebracht hätten, Herr Richter" nicht die beste Verteidigung.

» Abgeschnittene Fußnägel bitte im Hausmüll entsorgen.

» Ein Walhoden wiegt circa 60 Kilogramm.

» Die Welt wäre eine bessere, wenn Bestattungsinstitute so kreative Namen hätten wie Friseure.

» Vielleicht holt der Hund den Ball nur, weil er denkt, dass Sie ihn total gerne werfen.

» Wenn vor sechs Jahren aus Spaß Ernst wurde, wird Ernst dieses Jahr eingeschult.

Bildmaterial von de.vecteezy.com

Zenit Verlagskreis LLC,
30 N Gould St Ste N, 82801 Sheridan, Wyoming, USA

Layout & Satz: Martina Zöchinger - kreativstudio.net

1. Auflage 2023

978-3-911040-27-3

Printed in France by Amazon
Brétigny-sur-Orge, FR

19132105R00109